KB160098

마흔, 너무 행복하지도
불행하지도 않게

책에 나오는 상담 사례는 제가 그간 여러 현장에서 경험한 것들을 가공한 것으로, 사실이지만 사실이 아닙니다. 따라서 어떤 사례가 자신과 비슷하게 느껴진다면 그만큼 많은 이들이 유사한 고민을 하고 있구나, 하고 위로받으시면 더 좋을 거 같아요. 변화와 성장을 향해 나아가는 용기를 저에게도 나눠주신, 어딘가에서 멋지게 오늘을 살아내고 계실 모두에게 감사드리며, 평안을 기원합니다.

마흔, 너무 행복하지도 불행하지도 않게

심리상담사가 건네는 중년의 일과 삶을 위한 처방전

변시영 지음

프롤로그

나이듦,
조금 덜 외롭게 조금 더 따뜻하게

작년 늦봄, 저는 제주도에 있었습니다. 열 개의 낮과 밤을 안고 혼자 있었습니다. 집 아닌 곳에서 혼자 그리 오래 보낸 것이 처음이었어요.

벌써 여러 달이 지났지만 아직도 쏙쏙 꺼내어지는 그 첫 경험의 추억이란 게 여전히 달고 맛난 것이, 꼭 혼자 몰래 꺼내 조금씩 아껴 먹는 초콜릿 같기도 하더라고요. 게다가 그 제주도에서 귀한 거 하나 품고 와 오늘도 누렸으니 참 성공한 여행이었다 싶습니다.

그게 뭘 거 같으세요? 제주 특산품이나 기념품? 명품 가방? 아니면 설레는 어떤 인연? 새로운 다짐? 우스울 수도 있겠지만, 제가 품고 온 건 실체라고는 없는 '마음'이랍니다. 저의 기분과 태도, 행동, 그리하여 생활 전반과 삶에까지 영향을 주는 그 마음. 바로 '운전에 대한 좋은 마음'이랍니다.

여태껏 운전을 해왔지만 그걸 썩 좋아하지는 않았습니다. 오히려 싫어하는 편이었죠. 가능한 안 하고 싶었고, 하면서는 늘 언제 끝나나 하는 생각에만 매달렸죠. 그러니 어떻겠어요, 어딜 가기 전엔 스트레스부터 받았고 가는 중엔 늘 마음이 조급했죠. 동행자 중 운전을 못 하는 이가 있으면 가끔 원망이 들기도 했고, 누군가 잔소리라도 해대면 더 뾰족해지기도 했고요.

그랬던 제가 제주도에선 달랐습니다. 열 개의 낮과 밤을 그곳에서 보내자니 차가 없이는 안 되었고, 혼자다 보니 운전은 오롯이 제몫이었죠. 그런데 이게 무슨 일입니까? 그렇게나 싫던 운전이 제주도에선 너무도 즐겁더란 말이죠. 제주도는 구석구석 아름답지 않은 곳이 없고, 저의 마음엔 흡족함이 가득하니 길이 막히면 막히는 대로 구경 길, 쌩쌩 달리면 달리는 대로 관광 길이 되었습니다. 네, 제주도에선 그 모든 운전의 시간조차 그저 즐거운 여행의 과정이 되었던 거죠(정말 '제주 is 뭔들'인 걸까요).

그러다 물영아리 오름을 향해 가던 여섯 번째의 낮 때쯤이었던 거 같아요. 문득, 그런 생각이 든 거예요.

'아니, 이렇게 운전이 여행이 되는 마음을 꼭 여기 제주에서만 먹으란 법 있어? 막히면 막히는 대로의 구경 길은 서울에서도 되고, 쌩쌩 달리면 달리는 대로의 관광 길은 수원에서도 될 텐데 말야. 뭐 한다고 그렇게 운전하는 내내 운전이 싫다면서 내 마음을 낭비했지?'

그렇게 한순간에, 운전에 대한 짜증은 호감에게 자리를 내어주게 된 겁니다.

그 뒤 계절이 세 번 더 바뀌었습니다. 다행히 오늘도, 운전이 즐거웠습니다. 적당히 막히는 어느 도로 위에선 라디오에서 흘러나오는 음악 소리를 따라 멍때리기 좋았고, 살짝 돌아오게 된 어느 골목길에선 낯선 커피숍이 멋져 보여 찜도 해 두었죠. 남의 것을 대신 하는 양 그렇게 짜증 나던 운전이 내 것이 되니 비로소 제법 즐기게 됐다고 할까요. 오호. 저 과속방지턱을 옆 사람이 느끼지 못할 정도로 깃털처럼 부드럽게 넘어볼까. 우회전이라고? 그렇다면 모 영화 주인공 못지않게 나도 훌륭한 코너링으로 만들어볼까. 내 것에 대한 정성도 기울이게 되면서요.

"마음먹기에 달렸다"라고 많이들 얘기하죠. 사실, 힘들 때 이처럼 미운 말도 없습니다. 그런데 또 어느 정도의 시간이 지나면 고개를 끄덕끄덕 인정하게 되는 말이기도 하죠. '그래, 마음먹기에 달렸다는 말이 틀린 말은 아니지.' 하면서요.

나이듦도 그런 거 같습니다. 어떤 마음으로 받아들이고 대하느냐에 따라 나의 오늘이 달라지는 것 같습니다. 싫다, 무섭다, 힘들다, 짜증 난다, 서럽다 대신 좋다, 아낀다, 괜찮다, 더 나은 것도 있다, 기대된다로 바꿀 수 있습니다. 아니, 자연스럽게 바뀌는 것 같습니다.

'마음먹기'라는 게 어떤 건지 함께 나누며 가보고 싶어서, 제 마음부터 슬며시 꺼내봤습니다. 서로의 마음이 내어지고 겹칠 때, 조금 덜 외롭고 따뜻하니 갈 만한 게 인생길이니까요. 함께 가볼 만하실 겁니다.

제주도가 부산으로부터 260여 킬로미터나 떨어져 있는 저 밑 어딘가에만 있는 게 아니라, 제 마음속으로 들어와 운전이 즐거워졌듯, 나이듦도 여러분 마음속으로 '괜찮은 과정'으로 들어온다면 그 여행길도 한결 가볍고 한층 즐거워지실 거예요. 어디 한번 저의 운전 실력을 믿고 함께 가보시겠어요? 엑셀은 부드럽게 밟고 출발하겠습니다.

차례

프롤로그 나이듦, 조금 덜 외롭게 조금 더 따뜻하게

1장 몸, 나 자신의 안부를 묻습니다

나이 들어가는 나와 담담하게 마주합니다 15
40대, 늙어감을 알아차리고 직면한다는 것

시간과 눈물 그리고 이야기로 애도하기 22
상실감에서 벗어나는 법

솔직하기, 인정하기, 책임지기 28
'명확히 보기' 날개와 '감싸 안기' 날개의 활용법

조금은 천천히 그리고 느리게 33
'자전거의 상태'로 불안 건너가기

나에게 더 따뜻하게, 더 관대하게 40
'자기자비'로 번아웃 극복하기

우리가 운동을 해야 하는 이유 47
'주의초점' 전환으로 자존감 지키기

잠 오지 않는 밤을 내 시간으로 만듭니다 56
불면을 극복하는 '역설적 의도'라는 방법

내가 글쓰기를 시작한 이유 61
'회복탄력성'이라는 용수철 활용하기

다이어트는 음식과의 물리적 거리 두기부터 66
감정을 누르는 '관조적 태도'에 관하여

2장

마음, 흔들리며 더 단단해집니다

완선 언니처럼 늙어가면 좋겠습니다 75
너무 행복하지도 않게, 너무 불행하지도 않게

아닌 척, 아는 척, 아문 척하지 않습니다 82
'방어기제'의 성숙한 활용법

화만 내고 있기엔 날씨가 너무 좋잖아요 90
'행동'으로 부정적 생각에서 벗어나기

결국 누군가에게 기대 가야 하니까요 96
'도움 추구 행동'에 관하여

표정대로 인생이 흘러간답니다 101
'안면 피드백 이론'에 관하여

우리는 여전히 사랑스럽습니다 107
'타인자비', 나를 더 아끼는 방법

오늘 더할 나위 없었습니다, 그러니 누리세요 115
내게 주는 선물, '주관적 만족감'

뭐라도 꼼지락대며 해봅니다 120
'시간 가용성'을 더 높이는 방법

3장

관계, 조금은 느슨한 게 좋아요

계획도 실행도 무리하지 않는 선에서 127
'한계 설정의 법칙'에 관하여

어두운 터널을 견디게 하는 누군가의 따뜻한 목소리 134
'연대감'이라는 다정한 손길과 위로

여자들이 더 오래 사는 이유라면 이유 142
'사회적 유대감'으로 더 큰 행복 느끼기

'충고 · 조언 · 평가 · 판단' 말고 공감하기 148
공감의 시작은 '경청'에서부터

당신은 충분히 괜찮은 사람입니다 153
자존감을 높여주는 '무조건적 수용'

이젠 자기 자신을 먼저 챙겨야 할 때 160
어른이 연애하는 법

옆집 남자와 살고 있습니다 165
'관용'으로 서로를 존중하기

내 인생에 이해 못 할 사람 몇 명 있어도 됩니다 169
인정한다는 것에 관하여

4장

마흔, 담담하고 편안하게 지나갑니다

까칠하지만 친절한 할머니가 되고 싶습니다 177
'자기보호행동'에 성숙 한 꼬집 더하기

'때론' 포기하면 편합니다 184
'비합리적 신념'에서 벗어나기

'참 괜찮은 나'가 되는 방법 191
'따뜻한 빛' 효과로 행복감 높이기

'나'라는 사람은 어떤 느낌일까요? 196
'초두 효과'와 '최신 효과'에 관하여

사전연명의료의향서를 선물하기로 했습니다 200
죽음에 대해 마음의 준비를 한다는 것

오십은 즐겁게 맞이하고 싶습니다 208
조금 더 용기를 내어보는 일

화난 채로 잠자리에 들지 마라 212
'지금, 여기'에서 충분히 행복할 것

더 성숙하고 아름다워지는 중입니다 217
PTSD(장애)를 넘어 PTG(성장)으로 나아가기

1장

몸, 나 자신의 안부를 묻습니다

나이 들어가는 나와
담담하게 마주합니다

40대, 늙어감을 알아차리고 직면한다는 것

먼저, 저의 반려견 이야기부터 시작해도 될까요? 그 언젠가 불쑥 저의 삶에 끼어든 강아지 '단지'는 이제 열 살이 되었습니다. 요즘엔 강아지 수명도 길어져 열다섯 살은 기본이고, 열여덟에서 스무 살까지도 산다고 하더라고요. 그래도 사람으로 치면 중년을 훌쩍 넘은 나이죠. 꿀단지, 애물단지라는 뜻을 담고 있는 단지는 저에게 꿀 같은 기쁨을 주는 꿀단지면서도 온갖 귀찮은 돌봄을 요구하는 성가신 애물단지이기도 하답니다.

단지가 가장 좋아하는 것은 바로 저, 그리고 산책입니다.

그러니 저와 함께하는 산책이 이 녀석에게는 최고의 시간인 셈이죠. 저희 부부 모두 일을 해 단지가 혼자 오래 있는 게 못내 안됐고 죄책감마저 들었던 터라 몇 년 전부터 굳은 결심으로 시작한 게 아침 산책이었습니다. 저녁에 퇴근해서 한 번만 했던 산책을 아침에도 한 번 더 하게 된 거죠. 확실히 아침 산책을 시작한 뒤로 단지는 혼자 있는 시간을 더 잘 견디는 듯했어요. 배변 패드를 갈가리 찢거나 휴지통을 뒤집어 놓는 행패가 줄었고, 퇴근해 들어오면 단잠에서 막 깨어난 듯한 부스스한 몰골이 보는 저희에게도 썩 편안해 보였으니까요.

저희 마음이 편하니 눈이 오나 비가 오나 거르지 않았습니다. 눈이 오면 눈이 오는 대로, 비가 오면 비가 오는 대로 지하 주차장이라도 가주었지요. 제 몸이 아파도 가능한 한 해주려고 노력했습니다. 당연히 이 녀석에게도 아침 산책은 루틴이 되었고, 산책 갈 시간이 되면 0.01초 먼저 일어나 현관을 향해 달려갔죠. 그렇게 이 녀석의 하루가 힘차게 시작되는 거예요.

그래서 그날 아침의 충격이 더 컸던 것인지도 모릅니다. 그 좋아하는 산책을 녀석에게 거부(?)당했을 때의 충격이란! 내이염으로 죽을 고비를 넘기고 며칠 동안 밥도 안 먹을 때조차 산책은 가겠다며 비틀거리며 현관으로 향하던 녀석이었는데 말이죠.

그날 역시 평소와 다를 바 없어 보였어요. 그런데 산책 시간이 다가오는데도 단지가 아무런 움직임을 보이지 않는 거예요. 제 집에서 꼼짝하지 않고 있더군요. 저는 가만히 다가가 속삭여 보았죠. "단지야, 산책 가자." 그러나 이 녀석, 꼼짝도 안 하더라고요. "단지야, 산책 안 갈 거야?" 거듭 물어봐도 눈만 껌벅이고 귀만 씰룩일 뿐이었습니다. "그럼 난 출근한다." 이렇게 말하고 나가는 시늉을 해봐도 쫓아 나오지 않더라고요. 회사에 출근해서도 걱정이 되어 하루가 너무 길게 느껴졌습니다.

부랴부랴 퇴근 후 집에 갔을 때 다행히도 단지는 쌩쌩해져 있었습니다. 저녁 산책에서는 언제 그랬냐는 듯 신나게 내달렸죠. 그런데 가만히 살펴보니 다리가 살짝 불편한 듯 보였습니다. 잘 걷다가도 오른쪽 뒷다리가 뭐가 불편한지 가끔 깽깽이 발을 하며 걸었고 잠깐씩 서기도 하더라고요. 그 전날 주말이라 조금 멀리 나섰던 산책길에서 무리가 왔던 모양입니다. 이전 같았다면 이 정도 근육통쯤이야 산책 앞에 뭐 대수냐며 훌훌 털고 일어났던 단지가 그날 아침은 산책하면 다리가 더 아플 게 뻔하니 본능적으로 잠과 휴식을 선택한 거죠. 이런 단지를 보는 제 마음이 좀 짠했습니다. '그래, 우리 단지도 이제 팔팔한 청춘이 아니지. 슬개골 탈구에 근육통이 생길 나이가 된 거야. 그래, 이 녀석도 제법 늙.었.지.'

단지는 여전히 아침 산책을 좋아하지만 몸이 좋지 않을 땐 나가길 거부합니다. 컨디션이 더 안 좋다 싶은 날엔 아예 소파 밑에 들어가 있기도 합니다. 이런 날이 몇 번 반복되고 나니 저 역시 단지의 상태에 맞게 아침 산책을 조절합니다. 컨디션이 별로다 싶은 날엔 생략할 때도 있습니다. 몇 년 전까진 365일의 루틴이었던 아침 산책이 점점 줄어들어 이젠 350일 후반대에서 왔다 갔다 합니다. 단지가 조금씩 늙어가고 있는 것처럼 아침 산책의 날도 조금씩 줄어드는 것이죠.

저희 강아지뿐일까요. 우리는 모두 조금씩 늙어가고 있습니다. 매일매일 꾸준하게 늙어가죠. 바꿔 말하자면 매일매일 죽어가고 있는 셈입니다. 이것을 알아차리느냐, 못 알아차리느냐는 나이대나 상황, 상태에 따라 달라지는 것 같습니다. 아직 한참 더 커야 할 어린아이들이, 이제 막 고3

수험생 신분에서 벗어나 자유를 만끽하는 청춘들이 매일의 늙음과 죽음을 알아차리긴 어렵죠.

그러다가 어느 날 문득 알게 됩니다. 하루만 앓고 나면 거뜬히 낫던 감기도 이제는 2박 3일 동안 골골댑니다. 간밤 먹은 술의 숙취로 하루를 꼬박 엉망진창의 컨디션으로 보낼 때, 앉았다 일어나면서 저도 모르게 '아이고' 하는 소리를 낼 때, 건강검진이 슬슬 두려워질 때, 하루가 다르게 부쩍 늙어가는 부모님의 모습에 자신의 나이가 오버랩 될 때, 멀지 않은 이들의 부고를 들을 때 등.

이런 순간을 보고 '알아차림awareness'이라고 합니다. 자신의 삶에서 일어나고 있는 중요한 현상들을 방어하거나 피하지 않고 그대로 지각하고 체험하는 것을 의미하지요. 이때 잘 안되는 게 바로 '방어하거나 피하지 않고'입니다. 왜냐고요? 무언가를 알게 된다는 건 때로 괴롭고 슬프며 두려운 일이거든요. 그래서 아닐 거라 부인하고, 못 본 척 피하기 일쑤입니다.

하지만 우리, 잘 알잖아요. 무엇을 시작하기 위해서는 아는 것이 앞서야 한다는 것을요. 내가 잘못했다는 것을 알아차릴 때 사과해야겠다는 마음을 먹을 수 있고, 내가 모른다는 것을 알아차릴 때 비로소 공부를 시작할 수 있듯 말이에요. 그래서 게슈탈트 치료란 심리상담 기법에서는 이 '알아차림'이란 것을 한 개인의 성장과 성숙을 이루는 핵심 개념이자 '전부'라고 강조하고 있을 정도랍니다.

단지가 올해 열 살, 그리고 제가 마흔다섯 살입니다. 단지나 저나 늙어감을 알아차리게 되는, 아니 알아차릴 수밖에 없는 나이가 되었습니다. 대부분의 사람들이 마흔 또는 마흔다섯 살을 전후로 나이가 든다는 것을 본격적으로 알아차리고 부쩍 실감하는 것 같습니다. 제가 '본격적으로'라는 표현을 쓴 것은, 그것이 그 이전에 맞이했던 '나도 이제 삼십 대야, 이십 대 때와는 또 다르더라고.' 하는 알아차림과는 분명 다르기 때문입니다. 그리고 이것은 이후에 맞이하게 될 '내 나이 앞자리 수가 이제 5가 됐어. 반백 년을 살았다니!' 하는 알아차림과도 또 다릅니다.

이때의 알아차림은 앞서 강조했던 '방어하거나 피하지 않고'가 정면으로 요구되는 알아차림 단계입니다. 이는 '직면confrontation', 즉 두렵거나 회피하고 싶은 상황을 피하지 않고 그 속으로 직접 들어가서 맞닥뜨리는 것을 의미합니다. 쉽게 말해, 어디 도망 안 가고 딱 마주하며 인정하는 겁니다. '그래, 내가 진짜 나이가 들었구나.' 이렇게요.

40대의 나이듦에는 바로 이런 알아차림과 직면이 필요한, 아니 필연적으로 요구되는 특징이 있다고 할까요? 더 이상 막을 수도 피할 수도 없고, 도망갈 곳도 없이 직면하며 곧바로 체험하게 되죠. 그러니 우리 조금은 섬세하게 변화를 알아차리고 담담하게 직면해 가는 건 어떨까요? 너무 주야장천 들여다볼 일도 아니지만, 그렇다고 아닌 척, 모른 척 애써 피할 일도 아닙니다. 내 몸과 마음 구석구석 어디가 예전 같지 않은지 잠깐 멈춰 바라보고 살피면서, '아, 그래서 그렇게 느꼈구나.' 하고 부드럽게 쓰다듬어주면서 말입니다. '그럼 이렇게 해 줘볼까.' 하고 살살 달래기도 하면서 말입니다.

시간과 눈물
그리고 이야기로 애도하기

상실감에서 벗어나는 법

이런 가사의 노래가 있습니다. "모두가 이별이에요. 따뜻한 공간과도 이별, 수많은 시간과도 이별이지요. 이별이지요. 콧날이 시큰해지고 눈이 아파오네요. 이것이 슬픔이란 걸 난 알아요." 혹시 가사만 보고도 알아차리신 분이 있다면 분명 저와 동년배이거나 선배님이실 가능성이 높겠네요. 요즘 세대들은 낯설어 할 노래, 하지만 그들에게도 꼭 들려주고 싶은 노래, 특히나 상실로 힘들거나 상실이 두려운 이에게 들려주고 싶은 노래, 바로 '해바라기'라는 2인조 남성 그룹이 1983년에 발표한 노래입니다.

'상실'은 '어떤 대상과의 관계가 끊어지는 것 혹은 어떤 것이 아주 없어지거나 사라지는 것'을 의미합니다. 한자로는 喪失. 잃을 '상' 자에 잃을 '실' 자를 쓰죠. 잃고 또 잃는 건데, 그만큼 곱절로 힘이 듭니다. 흔히 상실이라 하면 자연스럽게 이별 혹은 죽음을 떠올리지만(관계적 상실), 상실의 관점에서 보자면 모든 것이 그 대상입니다. 이 글을 쓰는 지금도 시간은 지났고 전 그만큼을 잃었습니다. 3분? 5분? 물질적 상실이지요. 나이가 드니 자신감이 줄었습니다. 이는 심리 내적 상실이고요. 기껏 키워놨더니 아이는 혼자 큰 것 모양 훌쩍 떠나고 더 이상 엄마 취급도 안 합니다. 역할의 상실이에요. 이 외에도 기능적 상실, 사회조직의 상실에 이르기까지 상실은 우리 도처에 있답니다. 그 누구도 피할 수 없죠. 그러니 어쩌겠어요. 공기처럼 존재하는 상실이란 놈을 내 옆에 친구처럼 두고 사이좋게 지낼 수밖에요. 이것이 바로 애도, 즉 상실 후 마음의 평정을 회복하는 과정입니다.

하지만 이게 참, 말처럼 쉽지 않으니 힘이 듭니다. 50대 여성 D. 그녀는 부유한 가정에서 모범생으로 자라 교사가 되었고 대기업에 다니는 지금의 남편과 결혼해 자녀 둘을 낳았습니다. 작년에 막내딸까지 명문대에 입학하면서 모두의 부러움을 받았죠. 늘 지금처럼 평탄하고 행복한 삶이 지속될 줄 알았던 D에게 최근 청천벽력 같은 일이 생겼습니다. 며칠 독한 몸살을 앓는다 싶더니 그 며칠 뒤부터 갑작스레 한쪽 귀가 들리지 않는 거예요. 아무리 용한 병원을 찾아다녀도 원인을 알 수 없었고 할 수 있는 것도 없었습니다. D는 완전히 무너졌습니다. '어떻게 나한테 이런 일이 생기는 거지?' 하는 생각에 사로잡혀 현실을 받아들이기 어려웠고 울적함과 원망만 가득했죠. 그녀는 점차 삶의 기쁨과 의미까지 잃어버리게 됐습니다. 하나의 상실에 압도당해 전체의 상실로 향해 나아가던 그녀는 지푸라기라도 잡는 심정으로 상담실을 찾아온 것이었습니다.

모든 상실에는 애도가 필요합니다. 그리고 그 애도 과정을 잘 돌봐주려면 세 가지의 힘이 필요합니다. 일단 '시간'입니다. '빨리 괜찮아져야지'라고 생각하는 것보다는 '오래 걸릴 수도 있어'라고 생각하는 것이 낫습니다. 다음은 '눈물'입니다. 잃고 또 잃었으니 슬플 수밖에 없죠. 그러니 일단 슬픔을 많이 표현해야 합니다. 잔뜩 물에 젖은 솜이 뽀송뽀송해지려면 먼저 물부터 짜내야 하는 것처럼 말이에요. 마지막으로 '말'입니다. 얘기를 많이 해야 한단 의미입니다.

혼자만 있고 싶겠지만 그럴수록 우울 쪽으로 침잠하기 쉽습니다. 이럴 때일수록 곁에 있는 사람들에게 자신의 이야기를 해야 합니다. 그러다 보면 들려요. 비슷한 혹은 더 힘든 상실을 안고 아름답게 살아가고 있는 그들의 말이.

D 역시 상담실에서 이 세 가지를 함께 했고, 우연히 다시 연락이 닿은 여고 동창들과의 만남이 계기가 되어 상실감을 치유할 수 있었습니다. 그리고 1년 정도 지났을 때는 한층 편안한 얼굴로 상담실을 떠나갔고요.

요즘 저는 물질적 상실 앞에 당혹스러울 때가 많습니다. 얼마 전엔 책을 보다가 저도 모르게 "으악!" 하고 비명을 지르는 통에 옆에 있던 사람까지 놀라게 했지 뭐예요. 그렇습니다. 어쩐지 남의 일만 같던, 아니 남의 일이라 여기고 싶었던 그것, 바로 노안이란 놈이 제게도 찾아온 거였어요. 책 읽기를 좋아하는 제게 노안은 영 낭패가 아닐 수 없습니다. 책은 재미와 정보를 주는 수단을 넘어 제가 힘들 때 찾게 되는 '케렌시아(심리적 피난처)'이기도 하거든요. 그러니 노안이란 놈의 습격은 일단 너무 기분이 나쁘고, 그다음엔 '아닐 거야.' 하고 도리도리하다가 마지막엔 덜컥 겁이 나더군요.

그래도 자존심이 있지, 노안이란 놈에게 굴복하지 않겠

다며 발악을 시작했습니다. 이전엔 거들떠보지도 않던 눈에 좋다는 영양제를 꼬박꼬박 챙겨 먹었고, 습관적으로 들여다보던 휴대폰도 가능한 보지 않으려 노력하고 있습니다. 간간이 초록색과 파란색 같은 자연색을 봐줘야 한다는 TV 속 어느 의사의 조언을 열심히 실천하고 있습니다. 그래도 어느 날에는 노안이란 놈이 결국 절 이기겠지만, 제가 먼저 항복하는 일은 없을 겁니다. 가능한 한 천천히, 내 눈으로 온전히 이 모든 것을 보고 또 보고 또 볼 때까지 최대한 버티리라 다짐합니다.

아파트 단지에서 만나게 되는 아이들이나 강아지들의 모습은 이런 다짐을 새롭게 하는 데 꽤 좋은 자극제가 됩니다. 매일 노는 놀이터나 매일 나가는 산책길일 테지만 그들은 모든 게 새로운 양 처음처럼 신나 하죠. 이들은 만끽하는 겁니다. 매번 처음처럼. 그들을 관찰하다 보면 저 역시 다시 다짐하게 됩니다. 어릿어릿한 노안이 느껴질 때 '아뿔싸, 어쩌나, 슬퍼라.' 하고 탄식하거나 주저앉지만 말고 '세상에! 이랬나! 신기해!' 하는 감탄과 함께 '더 자세히 봐야겠구나.'하고 말이에요. 마치 오늘 처음 본 것처럼 말이에요.

비슷한 고민을 하는 분이라면 잠시 주변을 둘러보세요.

그리고 보는 겁니다. 책상 위 가지런히 놓인 사물들도 유심히 보고, 창밖 저 너머 산줄기도 오늘은 어떤 모양으로 하늘과 조우하나 살짝 더 보는 겁니다. 그리고 자신에게 소중한 사람도 찾아보세요. 그리고 자세히 보는 거죠, 그 사람의 눈매가 저랬나, 턱선이 저랬나. 그가 풍기는 분위기도 보는 겁니다. 오늘은 기분이 좋구나, 살짝 가라앉아있구나. 오늘 처음 본 것처럼 그렇게 만끽하는 거죠.

아참, 앞서 언급한 노래의 제목은 뭘까요? 꽤 오랜 세월을 <모두가 이별이에요>라고 알고 있던 이 노래의 제목을 제대로 알았을 때 적잖이 놀랬던 기억이 있습니다. 노래의 제목은 바로 <모두가 사랑이에요>였습니다.

2절 가사로 이 글을 마칩니다.

'모두가 사랑이에요. 사랑하는 사람도 많고요. 사랑해 준 사람도 많았어요. 모두가 사랑이에요. 마음이 넓어지고 예뻐질 것 같아요. 이것이 행복이란 걸 난 알아요.'

솔직하기, 인정하기, 책임지기

'명확히 보기' 날개와 '감싸 안기' 날개의 활용법

40대에 접어들며 '아, 나이가 들긴 들었구나'라고 뚜렷하게 느끼게 되는 건 또래 친구들을 만날 때입니다. 더 정확히 말하자면 대화를 나눌 때죠. 주제가 확 바뀌었습니다. 20대엔 친구와 학점, 연애, 취업 등이 대화의 주된 내용이었고, 30대엔 결혼과 육아, 시댁이나 친정, 회사나 내 집 마련 등이 주제였죠. 40대인 지금은 자식 걱정, 돈 걱정도 걱정이지만 '건강'이 가장 큰 주제입니다. 마치 누가 주제를 정하기나 한 듯이 전부 건강 이야기를 많이 합니다.

"어떻게 지내?" 하며 물꼬가 트인 대화는 자연스럽게

"허리가 아파 힘들어", "건강 검진했는데 ○○에 물혹이 있으니 좀 지켜보자고 하더라고.", "요샌 체력이 너무 안 좋아 애들한테도 짜증만 내", "난 ○○약 먹어보니 효과가 있던데 너도 알아봐." 등으로 이어지며 한참 꽃을 피웁니다. 그러고는 어느결에 부모님이나 가족, 나이 든 지인의 건강 걱정으로 퍼지죠.

그렇게 이야기를 나누다 보면 누군가 꼭 이렇게 말합니다. "에휴, 우리도 나이 들긴 했나 보다. 이제 이런 얘기로 시간이 다 가고, 정말 뭐니 뭐니 해도 건강이 최고야, 그치?" 이 말에 모두가 공감의 한숨을 푸욱 쉬며 열띤 대화를 마무리하는 거죠. 40대에 접어든 우리도 결국엔 나이듦과 맞닥뜨리고, 나와 주변인들의 건강을 챙겨야겠다며 다짐하는 거죠.

'자기수용self-acceptance'이란 게 있습니다. 자신의 신체적 조건이나 생리적 현상을 있는 그대로 경험하고 받아들이는 것을 말하죠. 조금 더 자세히 설명하자면, 자신의 느낌과 생각, 행동과 여러 가지 심리적인 현상을 자신이나 타인의 평가와는 상관없이 자기의 것으로 솔직하게 인정하고 책임지는 것을 의미하죠.[1] 쉽게 말하자면 '받아들임'입니다.

어떤 현상에 대해 있는 그대로 잘 받아들이는 사람일수록 우울과 불안이 낮고 삶의 만족감이 높을 가능성이 큽니다. 갱년기를 맞이한 중년 여성을 대상으로 한 연구에서도 변화를 잘 받아들이는 사람일수록 노화에 대한 불안이나 우울을 덜 느끼는 것으로 나타났답니다[2]. 그러니 일단은 뭐든 잘 받아들이는 게 중요하겠지요?

미국의 임상심리학 박사이자 불교 명상가인 타라 브랙 Tara Brach은 이러한 받아들임을 '근본적 수용'이란 개념으로 설명하면서, 그러기 위해서는 반드시 두 가지 날개가 있어야 한다고 설명했습니다.[3] 바로 '명확히 보기'라는 날개와 '감싸 안기'라는 날개입니다. 근본적 수용을 하기 위해서는 현재 일어나고 있는 일을 정확하게 알아차리고(명확히 보기), 그렇게 알아차리게 된 사실에 저항하는 대신 부드럽고 따듯하게 감싸는 것(감싸 안기)이 필요하다는 것입니다.

40대에 접어들면 나이듦에 대해 명확히 보기는 저절로 하게 되는 것 같습니다. 의도해서라기보다는 아파서, 힘들어져서 등의 이유 때문이겠죠. 즉 세월이 만들어내는 힘에 나도 모르게 떠밀려 맞닥뜨리게 되는 겁니다. 그러다 보니 아닐 거라고 애써 외면도 하고, 싫다고 부정을 하게 되는 것도 당연한 일입니다. 명확히 보기 날개는 등 떠밀려 펴진 데다 감싸 안기 날개는 아직 펴지지도 않았으니, 근본적 수용은 당연히 이뤄지지 않은 상태인 거죠.

개인적으로는 마흔다섯 즈음이 되니 이 감싸 안기 날개가 활짝 펴지는 느낌이 들었습니다. 40대 초반엔 명확히 보기도 어려워 그저 짜증만 났는데, 40대 중반에 들어서면서 슬슬 나이 들어가는 나와 타인에 대해 안쓰럽고 귀한 감정이 들기 시작하더군요. 머리로는 알겠지만 마음으로는 잘 받아들여지지 않던 그 갭이 그제야 좁혀지던 느낌이 들었다고 할까요.

그러고 보면 삶이란 매 순간이 이러한 받아들임, 즉 근본적인 수용의 연속이 아닐까 싶습니다. 그래서 전 많은 분들께 이렇게 권유하는 편입니다. 삶의 굽이굽이, 특히 나이듦으로 인해 생겨나는 현상들에 대한 받아들임이 필요한 순간엔 비슷한 또래의 친구를 만나 이야기꽃을 피우라고요. 제 이야기를 '아직은 먼 얘기'로 들을 후배보다는, '그래도 지금 너 때가 좋을 때야'라고 말하는 선배보다는, 그리고 신체적 증상이나 체감이 다를 수 있는 이성보다는, 딱 비슷하게 느끼는 동성의 또래가 더 좋지 않을까요.

좀 더 세월이 지나 50대에 접어들면 제 친구들과 또 그때의 이야기 꽃을 피우겠지요. 더 많은 건강 걱정과 가족의 죽음, 자녀들의 취업이나 결혼, 은퇴 이후의 삶 등에 대해 왁자지껄하지만 어딘지 모르게 애잔하기도 한 이야기를 나누게 되겠지요. 그래도 그렇게 함께 얘기할 또래 친구들이 있다는 사실이 저에게 아주 많은 위로가 된답니다. 적어도 나이듦에 대해서만큼은 그들이 저의 감싸 안기 날개니까요. 여러분들도 여러분의 날개를 찾아보세요. 분명 당신을 위해 활짝, 따뜻하게 펼쳐 줄 준비를 하고 있을 테니까요.

조금은
천천히 그리고 느리게

'자전거의 상태'로 불안 건너가기

친정엄마와의 대화가 생각나는 밤입니다. "엄마, 난 요새 왜 이렇게 한 주 한 주가 빨리 가는지 모르겠어요." 여기에 대한 엄마의 말. "아이고, 지금은 한 주지? 더 있어 봐라. 한 달 되고 한 계절 되다가, 엄마는 이제 한 해 한 해야." 아뿔싸.

한 해까진 아니어도 주 단위는 이미 지난 지 오래, 요새는 한 달 한 달이 정말 빠릅니다. 이 속도면 저도 조만간 "눈 깜박하니 여름이고, 또 눈 깜박하니 가을"이라고 하며 계절 단위로 세월의 속도를 체감하게 될 것 같아요.

이 와중에 건강검진은 돌아오는 속도가 더 빨라진 것 같습니다. 늘 1년 단위로 같은 달에 하는데, 올해는 유독 엊그제 한 걸 또 하는 느낌이 듭니다. 그래서일까요, 아직 30일 넘게 남았는데도 마음이 조급해지고 살짝 배가 당기네요.

언제부터였을까요, 건강검진이 마치 시험처럼 느껴지기 시작한 것이. 30대는 분명 아니었던 거 같은데…… 아마도 그때부터였을까요? 유방암이 의심되니 조직검사를 한 번 더 하자는 이야기를 들었던 마흔 살의 그날 말입니다. 흠, 그것도 아니면 고지혈증이니 약을 먹어 보라고 권유받았던 마흔한 살의 그날일 수도 있고요. 아니면 큰맘 먹고 대장 내시경 검사를 했던 그날일 수도 있어요. 저혈압이 심해 수면은 안 되고 쌩(!)으로 해야 한다기에 울며 겨자 먹기로 제 몸 속에서 활개 치던 괴물을 견디며 '세상에, 일제강점기에 이런 고문이 있었다면 난 시작도 하기 전에 다 불었을 거야!' 했던 마흔세 살의 그날일 수도요.

해마다 이런 식으로 뭔가 생기니 또 뭐가 튀어나올지 모를 '건강 시험'이 왜 안 무섭겠습니까. 게다가 이것의 시험 범위란 게 1장부터 3장이라는 식으로 딱 떨어지는 것도 아니고, 그냥 전체 범위, 그러니까 '당신의 삶과 생활 전체요.' 하는 식이니 불안이 왜 없겠냐는 말입니다.

말이 나온 김에 짚어보자면, 우울 못지않게 우리 영혼을 잠식해 들어가는 또 다른 강력한 적이 바로 이 '불안'입니다. 그래서 한 사람의 심리적 편안함을 진단할 때 단짝으로 함께 살펴보게 되는 것이 우울과 불안이기도 합니다. 이미지로 표현해 본다면, 우울은 한없이 깊은 심연의 바다로 끝없이 가라앉는 것과 같고, 불안은 높고 높은 절벽 위에서 떨어질까 조마조마해하며 이러지도 저러지도 못하는 것과 같다고 할까요.

이런 불안을 가중시키는 것이 바로 부정적인 생각입니다. 보통 과거에 대한 후회, 미래에 대한 걱정, 자신에 대한 타박이 주를 이루지요. 게다가 이놈은 대단히 집요하고 끈질기답니다. 다들 경험해 보셨을 거예요. '이런 생각 하면 안 돼. 이제 그만 하자!' 하고 굳게 다짐하지만, 한번 머릿속에 똬리를 튼 생각은 오히려 더 크게 활개를 쳐대는 통에 영혼도, 잠도, 입맛도, 웃음도 싹 잠식당하게 되는 그런 경험 말이에요. 이를 '정신역설효과mental irony effect'라고 하는데, 일부러 안 하려고 할수록 그 생각에 더 집착하게 되는 현상을 의미합니다.

정신역설효과로 머릿속이 너무 괴롭다 보니 사람은 자기를 지키기 위해 뭐라도 하려 합니다(행동). 사실 즉각적인 행동은 부정적인 생각을 벗어나게 하는 효과적인 방법이기도 해요. 이를테면 상대에게 너무 화가 났을 때 물 한잔 들이키는 게 욕지거리가 튀어 나가는 걸 막는 방법인 것처럼 말이에요. 여기서 중요한 건 어떤 행동을 할 것인지에 두 갈래 길이 있다는 것입니다. 자기보호적 행동과 자기파괴적 행동이 그것이에요. 예를 들어 거리 두기, 운동, 도움 요청, 적절한 수면 등은 보호적 행동이지만, 폭음과 폭식, 폭력, 자해 등은 파괴적 행동입니다. 편의상 이렇게 나누지만 사실 자기파괴적 행동도 엄밀히 말하면 너무 고통스러운 자기를 지키려는 자기보호적 행동의 극단적, 손상적 모습이라 할 수 있습니다.

이런 자기파괴적 행동에 관해 이야기하다 보면 자연스레 떠오르는 이가 있습니다. 20대 여성 E입니다. 그녀는 고등학교를 졸업한 뒤 꽤 여러 해가 지났지만 한 군데에 오래 근무하지 못하고 여러 알바를 전전하고 있었습니다. 일을 못해서도, 사람들과의 관계가 어려워서도 아니었습니다. 바로 근태 문제 때문이었죠. E는 걸핏하면 술을 많이 마셨고, 지각을 하거나 결근을 하기 일쑤였습니다. 불성실한 근무 태도는 늘 자의 반 타의 반의 해고로 이어졌습니다.

일도 일이지만 술을 먹고 괜스레 남에게 시비를 걸거나 차량을 훼손시키는 등 사고도 잦아 경찰서를 들락거리기도 했고, 급기야는 자살을 시도하기도 했습니다. 그러다가 E를 위태롭게 여긴 친오빠가 반강제적으로 상담실 찾게 했죠. 상담을 하다 보니, E의 이런 자기 파괴적 행동의 뿌리에는 불안이 있다는 걸 알게 됐습니다. 고교를 졸업할 때쯤 가장 친했던 친구가 자살을 했는데, 그걸 경험한 E는 누군가가 자신을 떠나버릴 수 있다고 생각했고, 자신은 그걸 지킬 수 없는 무기력한 존재에 불과하다는 불안이 뿌리 깊게 박혀 있었던 것입니다. 자기를 함부로 대하거나 술에 취할 때면 잠깐씩이나마 그 불안을 잠재울 수 있었기에, 아니 그렇게 여겨졌기에 E는 그런 행동을 반복했던 거였습니다.

누구든 불안한 마음이 들면 두 갈래 길 위에 서게 됩니다. 그것이 자기를 진정 보호하는 길인지 아닌지 의식적으로 살피지 않으면 습관적으로 가던 길을 가게 돼요. 일단 안정성을 좇는 게 사람의 본성이기 때문입니다. 특히나 빠른 속도로 폭주하는 '오토바이의 상태'라면 섬세한 살핌은 더 요원해집니다. 그러니 불안할 때일수록 느린 '자전거의 상태'로 살펴야 합니다. 바퀴에 바람은 충분한지, 핸들은 똑바

른지 등을 말입니다. 그렇게 살필 수 있으려면 우선 호흡이 차분해야 합니다. 씩씩대는 거친 호흡이나 안절부절 얕은 호흡으로는 어렵지요. 조금은 천천히, 깊고 느리게…… 그렇게 차분하게 몸부터 만들어야 다음이 가능해집니다.

건강검진을 앞두고 잔뜩 불안했던 저 역시 그 두 갈래 길 앞에서 잠시 헤맸지만 다행히 자기보호적인 길을 찾았고, 결연히 건강검진 벼락치기를 선포했습니다. '30일 프로젝트'라고 혼자 거창하게 명명도 해 두었죠. 그런데 내용은 단순합니다. 운동량을 늘리고 먹는 것 조절하기. 좀 시시하죠? '전체'라는 막막한 시험 범위 중에서 내가 좀 아는 챕터 하나 만이라도 제대로 공부하자 마음먹은 셈이랄까요. 이제 이틀 째를 맞이했는데, 야식이 심하게 당기는 시간이지만 달콤한 초콜릿 과자 대신 견과류를 오도독 씹어봅니다. 퇴근길 소파랑 한 몸이 되고 싶은 마음이 굴뚝 같았지만, 꾹 참고 30분 걷고 온 저 자신을 칭찬도 해줘 봅니다.

그렇게 남은 28일을 지나 올해의 건강 시험을 무사히 치른 뒤에는 이만하면 괜찮다는 정도의 성적표를 받아 들고서는, '다행이야. 또 1년 잘 지나가 보자.' 하는 안도의 한숨을 쉬길 바라는 마음으로 제가 할 수 있는 수준의 통제에 몸을 기대 보는 거지요(사실 모든 심리적 문제를 해결하는 데는 자신이 할 수 있는 걸 하는 것 이상의 뾰족한 수란 별로 없답니다).

우리네 인생도 뭐 얼마나 다를까 싶습니다. 여러모로 삐걱대기 시작하는 40대 중년에게 건강 시험은 더더욱 그럴 것입니다. 그냥 할 수 있는 만큼, 안 좋단 거 피해 가고 좋다는 거 조금 더 해보며 슬쩍 넘어가는 것, 그 이상은 없는 것 같아요.

그러고 보니 옛날 술꾼 선배들이 건강검진 결과에 안도하며 "또 한 해 술을 즐기는 걸 허락 받았노라." 하며 우스갯소리를 하던 것도 떠오릅니다. 그렇게 긴장도 풀어보며 올해의 건강검진 벼락치기를 향한 의지를 한 번 더 불끈 내보는 밤입니다.

나에게 더 따뜻하게, 더 관대하게

'자기자비'로 번아웃 극복하기

전 '몸의 말'을 잘 듣는 학생입니다. 불과 몇 년 전만 해도 낙제생이었지만 이젠 중상위권 정도는 되는 것 같아요. 사실 때가 되면 몸이 재깍재깍 지침을 내리니 못 알아먹는 게 이상할 정도입니다. 날이 추워지면 제일 먼저 신호를 보내오는 곳이 엄지손가락 손톱 양 끝에 맞닿아 있는 살점입니다. 추위가 시작되면 그 부분이 어김없이 갈라집니다. 이 글을 쓰는 지금도 아직은 가을이지만, 때 이른 추위가 조금 일찍 찾아왔다 싶었는데 손톱 양 끝이 어김없이 갈라지고 따끔한 통증을 보내왔습니다. 동시에 손 시림 증상도 시작됩니다. 핸드크림을 바르지 않으면 손등과 손바닥이 찢어질 것처럼 건조해지고 손가락 끝이 특히 아리죠.

그럼 전 몸의 말에 따라 숙제를 시작합니다. 핸드크림을 바르는 데 공을 들이고 침대 위에 전기장판도 깝니다. 옷장을 정리하고, 원피스 안에 속치마도 챙겨 입습니다.

엊그제 점심 산책길에서 동료 상담 선생님과 요즘 세대는 운동에도 열심이라는 이야기를 나누었습니다. 대학에 들어가자마자 부어라 마셔라 하며 술독에 빠져 살던 우리와는 딴판으로 젊은 친구들이 술도 훨씬 덜 먹고 몸도 잘 챙긴다는 이야기를 나누었죠. "우리 때와는 달라, 근데 좀 낭만이 없네." 하며 늙은 저희를 애써 위로하는 말들도 오갔습니다. 그 청춘들은 옷차림도 다르더군요. 오늘처럼 춥디추운 날에도 그들은 얇디얇고 짧디짧은 옷으로 한껏 멋을 부리니 말입니다. '여름 멋쟁이는 더워 죽고 겨울 멋쟁이는 추워 죽는다'라는 옛 어른들의 말 그대로요.

남들보다 더 특별하고 두드러지기를 바라는 욕구는 청춘을 멋쟁이로 만듭니다. 그러면서 청춘은 마음에도 멋을 내기 바쁩니다. 무리에서 떨어져 나가지 않기 위해 다른 사람들이 날 어떻게 생각하는지에도 신경이 곤두서 있기 때문이겠지요. 자연스레 '맘(마음)의 말'(자기 위주의 기분이나 감정),

'남의 말'(관계에서 파생되는 인정 욕구)이 우선이 되고 '몸의 말'(신체적 반응이나 변화)은 뒷전이 되기 십상입니다.

나이가 든다는 것은 이 말들의 우선순위가 바뀌는 것과도 같습니다. 대체로 꼴등이었던 몸의 말은 앞자리로 오게 되고, 남의 말이나 맘의 말은 그 뒤로 앞서거니 뒤서거니 하죠. 제 기준으로는 청춘 시절에는 '남의 말 > 맘의 말 > 몸의 말'이었던 것이 '맘의 말 > 남의 말> 몸의 말'로 바뀌었고, 이제는 '몸의 말 > 맘의 말 > 남의 말' 순이 된 거 같아요. 물론 이 모든 현상에는 개인차가 있을 거예요. 하지만 몸의 말이 앞으로 나오고, 그 비중이 한 해 한 해 다르게 점점 커진다는 것에는 많은 중년들이 공감하리라 여겨집니다. 의도적으로 그러려는 게 아니라 아마도 저절로 그렇게 된 것이겠죠. 벼가 익을수록 고개를 숙이듯, 우리는 늙어갈수록 몸에 고개를 숙이게 되는 것이랍니다.

몸의 말에 대한 순응은 심리적으로도 바람직해 보입니다. 40~60세 중년 여성을 대상으로 한 연구에서 신체적 · 정서적 · 인지적 알아차림이 높을수록 덜 우울하고 심리적 안녕감을 많이 느끼는 것으로 나타났습니다.[4] 특히 이 세 가지 알아차림 중에서도 중년 여성들의 심리적 안녕감에 미치는 기여도는 신체적 알아차림이 가장 높았습니다. 즉, 몸이 편할수록 전반적인 삶의 만족도가 높아지는 것입니다. 나이 불문하고 다들 한 번쯤은 경험해 보셨을 거예요. 어디 아플 때면 속수무책으로 번져오는 짜증, 집중 안 됨, 만사 귀찮음 등을요.

심리적 소진을 의미하는 번아웃burnout은 몸의 말의 집약체라 할 수 있습니다. "이제 너 자신을 돌봐야 할 때야!" 하고 몸이 보내는 자기보호적 메시지인 것이죠. 자동차가 운행을 완전히 멈추기 전에 연료등을 깜박이듯 몸이 완전히 나가떨어지기 전에 좀 알아차리라고 경고를 주는 셈이죠. 주로 극도의 피로감, 타인에 대한 냉담함이나 냉소적 반응, 자신감이나 성취감 하락 등의 증상으로 나타납니다. "퇴근하면 녹초가 되어 누워있어요"라는 말을 자주 하거나 이 말에 공감이 되된면 경고등이 깜박이고 있는 상태이니 어서 주유소에 가야 해요.

주유소에서 수급받아야 할 연료는 하나밖에 없습니다. 바로 '휴식'입니다. 너무 달려서 심신이 힘든 거니까 잠시 멈춰 쉬어야 하는 거죠. 매우 간단한 원리지만 이게 또 그리 간단치가 않습니다. 게다가 번아웃이 올 정도로 앞뒤 안 재고 열심히 달려온 사람들에게 쉰다는 것은 다른 의미로 받아들여지기 쉽습니다. 어쩐지 게으르고, 그래선 안 될 거 같고, 그랬다간 큰일 날 거 같은 일로요.

30대 워킹맘 L도 그런 경우였어요. 능력 좋고 사명감도 투철한 L은 반년 전부터 파트장 역할을 맡게 되었습니다. 이때부터 L은 더 열심히 일에 매진했습니다. 출근 시간도 한 시간가량 앞당겼고, 그걸로도 부족해 점심을 거르거나 대충 때우게 됐죠. 퇴근했다고 해서 쉴 틈이 있는 건 아니었습니다. 그때부턴 어린 쌍둥이의 육아와 집안일이 시작되기 때문이죠. 도우미를 쓰고는 있지만 L 역시 열과 성을 다했습니다. 그렇게 전쟁 같은 하루하루를 정신없이 보내던 L은 어느 날부터인가 파김치처럼 축축 늘어지는 자신을 발견하게 됐습니다. 해야 할 일은 산더미인데 겨우 하나 처리하고 나면 진이 다 빠졌어요. 이러한 증상은 2주 전, 공들여 준비해 온 클라이언트 보고를 마치고부터 시작됐습니다. 보고는 성공적이었고 클라이언트의 만족감도 높았는데 오히려 그날 이후로 너무 피곤하고 지치기 시작한 거예요. 며칠을 참고 참다 도저히 안 되겠다 싶어 정신의학과 의원을 찾은 L은 의사로부터 번아웃이란 진단과 함께 휴식을 권유받았습니다. 그리고 L은 상담실을 찾아왔습니다. "쉬라는 데 쉴 수가 없어 어떻게 해야 할지 모르겠다"라는 것이 주된 호소였어요. 그녀는 쉰다는 것에 대해 강한 거부감과 불안을 가지고 있었던 거죠. 가뜩이나 번아웃에 걸린 것도 나약하게 느껴지는데, 쉰다는 것은 뭔가 실패했다는 느낌이 든다는 것이었어요.

L의 번아웃 치료를 위해 당장 필요한 것은 휴식이 맞지만, 그에 앞서 먼저 L을 가로막고 있는 이 장애물부터 걷어내야 했습니다. 자신에 대한 엄격한 비난과 비판의 장벽 말입니다. 그리고 그걸 걷어낸 자리에는 자기 자신에 대한 따뜻하고 친절한 마음, 바로 '자기자비self-compassion'를 가득 채워 넣어야 했습니다. 남들에게 "그래, 너 정말 애썼다. 잠깐 좀 쉬어"라고 말해주듯 자신에게도 따뜻하고 관대하게 말해주는 태도 말입니다.

사람들은 이기적이기도 하지만 그에 못지않게 자신을 너무 못살게 구는 경향이 있습니다. 더 잘하라는 이유로 말이에요. 그래서 남들에겐 너무도 따뜻하게 "힘든 게 당연해, 쉬는 게 당연해"라고 말하면서 정작 스스로에겐 "이 정도로 힘들다고 하지 마, 더 잘해야지!" 하며 다그칩니다. 그 누구보다 자신이 자신을 더 엄격하게 몰아세우는 거죠.

얼음장처럼 차가운 윗목보다는 따뜻하게 데워진 아랫목에 더 머물고 싶은 것이 사람의 마음입니다. 고생하는 자신도 마찬가지예요. 자기자비로 자신을 대할 필요가 있습니다. 특히 나이가 들수록 몸의 말은 더 자주 지령을 보내오기 마련입니다. 이때 몸에게 저항 없이 굴복하고 자신에게 따뜻하고 관대한 마음을 베풀며 숙제와 예습을 충실히 하는 것, 그것이 편안하고 지혜롭게 늙어가기 위한 필수 과업 중 하나가 아닐까 생각합니다.

우리가 운동을 해야 하는 이유

'주의초점' 전환으로 자존감 지키기

고백하자면, 저는 한때 건강을 너무 챙기는 어른들을 보며 살짝 추하다고 생각하던 때가 있었습니다(죄송합니다. 지금의 저는 건강에 더 유난이고 진심이에요). 더 정확하게 말하자면 구차하게 느껴졌다고 할까요. 살짝 탐욕스러워 보이고 저렇게까지 오래 살고 싶을까 하고 생각했던 것 같습니다. 돌이켜보니 대단히 큰 오해였고 오만이었습니다.

제가 가장 크게 오해한 부분은 사람들이 오래 살고 싶어서 운동을 하며 건강에 열을 낸다는 것이었고, 가장 큰 오만은 나는 아프지 않고 평생 건강할 것이라고 착각했다는 것입니다.

그랬던 제가 지금은 누구보다 운동 예찬론자가 되어 있습니다. 운동의 'ㅇ' 자도 몰랐던, 말 그대로 '운알못'이었던 제가 말이죠. 오죽하면 오랜 지인들이 저를 보고 "네가 술을 끊었다고?", "운동을 한다고?" 하며 놀라움과 경탄을 금치 못할까요.

이런 변화의 시작은 지금으로부터 약 5~6년 전 겨울, 고통 속에서 잠이 깨 고통 끝에 겨우 잠들었던 그 새벽녘으로 거슬러 올라갑니다. 12월 19일. 숫자에 젬병인 제가 날짜까지 정확하게 기억할 정도이니 그만큼 강렬한 경험이었다는 의미겠죠? 그해는 제가 박사학위를 취득한 해라 홀가분한 마음으로 송년회를 부지런히 좇아다니며 맘껏 먹고 마셔댔습니다. 일하면서 공부하느라 몇 년간 누적되어 온 긴장과 피로감에 대한 보상 심리도 있었겠죠.

그러던 중 드디어 그날이 온 겁니다. 속이 내내 불편해 일찌감치 진통제를 먹고 잠을 청했던 날 새벽, 배가 터질 듯 부풀어 오르고 송곳으로 찌르는 듯한 아픔에 일어나지 않을 수가 없었습니다. '이러다 죽는 거 아냐?' 싶은 생각이 들 정도로 고통스러웠고 어찌할 바를 모를 정도로 힘들었어요. 남편을 깨워 등 좀 쓸어달라 하고서 그 극한의 고통과 불안이 잦아들기를 기다리는 것 말고는 할 수 있는 게 아무것도 없던 그때, 머릿속에 맴도는 생각은 딱 하나였습니다. 아, 이제 술 끊고 운동해야겠다.

돌아보면 그때 저는 서른아홉 살 끄트머리에 서 있었습니다. 마흔을 며칠 앞둔 날이었으니 앞서 말한 대로 일과 학업을 병행한다는 압박에 약간의 '마흔 앓이'도 더해졌던 것 같아요. 여기에 그때까지 차곡차곡 쌓인 저의 안 좋은 생활 습관들이 대란을 일으키며 '이제 네 삶을 다른 방향으로 틀어야 할 때'라고 아우성친 게 아닌가 싶습니다. 그러고 보면 이를 예언하는 징조들이 계속 이어졌어요. 맥주 한 잔에도 심했던 숙취, 뭘 먹어도 소화가 안 되고 만성 변비에 시달렸던 뱃속, 늘 피곤하고 체력이 뚝뚝 떨어져 기진맥진하던 낮 시간들…….

그렇게 시작되었습니다. 저의 '금주+운동'의 역사가 말입니다. 변비에 좋다는 요가 동작을 매일 1개씩 했고, 그러다 언제부터인가 2개씩 하게 됐죠. 3분이었던 운동 시간이 10분이 되고 이제는 30분가량의 요가도 별 어려움 없이 할 수 있답니다.

이게 기분이 참 묘하더군요. 처음엔-조금 과장하자면-

살려고 했던 것인데, 하면 할수록 예상치 못한 매력과 쾌감이 느껴지더군요. 운동도 점점 재미있어지더라고요. 우선 변비가 사라지니 신기했고요, 워낙 뻣뻣한 나무토막 같았던 몸뚱아리가 부드럽고 유연하게 요가 동작을 어찌어찌 해내는 게 뿌듯했습니다. 급할 것도 없고 남과의 비교도 없이, 그저 '어제의 나'와 '오늘의 나'만을 두고, 됐다 안됐다 일희일비하지 않고, 크게 급할 것 없이 그냥 했습니다. 그러다 보면 어느새 1달이 지나고, 조금은 나아진 나를 발견하는 기쁨도 느꼈습니다. 집 나갔던 체력도 어느새 돌아와 있더군요.

이렇게 써놓고 보니 굉장히 빠른 변화 같아 보이네요. 하지만 웬걸요. 이렇게 되기까지는 사실 한 3년은 걸린 듯싶습니다. 그렇다고 제가 아주 심각하게 아픈 병에 걸린 것도 아니었어요. 아팠던 그 새벽녘 이후 찾아간 병원에서 받은 진단명은 어떻게 보면 시시하다고 할 수도 있을 장염이었으니, 이처럼 요란하게 쓴 게 살짝 민망할 정도죠. 그런데 그 이후로도 전 그 장염에 속수무책으로 당했으니 어쩌겠어요. 수시로 앓았고 한두 달 사이 몸무게는 3킬로그램, 5킬로그램 쭉쭉 빠져갔습니다. 뭘 먹어도 소화가 안 되고, 자주 아프니 먹는 거 자체가 겁이 날 정도였습니다. 먹는 낙이 큰 저에게는 참 고역이었습니다.

더 속상했던 건 하고 싶은 것을 하지 못하는 날들이 잦다는 것이었습니다. 좋아하는 책 읽기도, 영화 보기도, 친구들과 만나 맛있는 것 먹고 사는 얘기 나누는 소소한 즐거움도 모두 속병과 저질 체력 앞에서 미루기 일쑤였지요. 자주 아프니 애꿎은 남편에게도, 회사 동료들에게도 짜증이 불쑥불쑥 삐져나오곤 했습니다. 그러다 보니 저 자신이 싫어졌고, 울적한 기분에 생각도 배배 꼬여서 주변 사람과 세상을 향해 그 뾰족함을 드러내기도 했지요.

그런 날들을 지나며 저는 깨닫게 됐습니다. 아, 운동이란 게 천년만년 오래 살려는 탐욕에서 하는 게 아니라, 오늘 내가 하고 싶은 걸 하려는 '자존'을 위해 하는 거구나. 나만을 위해서가 아니라 내 옆 사람들에게 '폐 끼치지 않기 위해' 하는 거구나. 그러면서 어슴푸레 이해도 더 하게 된 거예요. 그래, 눈에 넣어도 안 아플 자식 손주가 곁에 있으면 초등학생, 대학생, 아니 결혼까지 하는 거 왜 안 보고 싶을까. 내가 천수를 누리고 싶어서가 아니라 내가 사랑하는 이들이 살아가는 그 소중한 모습을 왜 오래 두고 보고 싶지 않겠어. 그 시절 탐욕이라 오해했던 나의 어리석음이여. 뭘 몰라도 한

참 몰랐던 철없던 나여. 그렇게 저는 운동 예찬론자가 된 것입니다.

그렇다고 제가 엄청난 근육질이거나 날씬한 몸매를 가지고 있다는 건 아닙니다. 이틀에 한 번 요가를 하고 걷는 습관을 가진 정도입니다. 누가 어디가 어떤 이유에서 아프다고 하면(몸이든 마음이든, 가족과의 갈등 때문이든 동료와의 관계 때문이든), 그 이야기 끝 언저리에 넌지시 운동을 권하는 정도죠.

이렇게 운동 이야기를 하다 보니 기억나는 이가 있습니다. 20대 남성 J. 그는 나름 열심히 한다고 하는데, 뭐가 그리 못마땅한지 사사건건 잔소리에 비난을 일삼는 상사 때문에 일하는 내내 긴장의 연속이라며 잔뜩 풀 죽은 어깨로 상담실을 찾았지요. 게다가 내년 승진을 앞두고 상사의 평가가 중요한 시기라 일단 참고 봐야 해서 속앓이도 심했지만, 지적을 너무 많이 받다 보니 언제부턴가 자신감도 잃게 되고 모든 일에 위축되기 시작했다고 털어놓았습니다. 회사가 일하는 곳이 아니라 눈치를 봐야 하는 곳으로 바뀌다 보니, 가기 싫은 마음이 커졌고 매일 밤 잠을 설친지도 꽤 오래되었다고 하더군요. 머릿속도 복잡하다 보니 쉴 땐 그냥 집에서 TV만 틀어 놓은 채 멍하니 시간을 보낸다고 했습니다.

J의 사정을 듣고 첫 상담을 마칠 때쯤, 그래도 다음 상담 때까지 할 수 있는 것들을 해보자며 운동 얘기를 꺼냈습니다. 상담 내내 처져있으면서 제 눈도 잘 안 마주치던 J는 그 얘기를 듣자마자 제 눈을 쏘아보며 말하더군요. "아니, 선생님, 의사들도 그렇고 뭐 맨날 그놈의 운동 운동. 그놈의 운동이 뭐 만병통치약도 아니고 운동한다고 뭐가 달라지나요?"

네, 이해합니다. 가뜩이나 힘들어서 아무것도 하기 싫다는데 운동하라는 뻔한 소리나 하니 얼마나 짜증 나고 화나겠어요. 더욱이 운동한다고 해서 갑자기 그 상사가 자길 예뻐해 줄 것도, 능력이 확 올라갈 것도, 승진이 보장되는 것도 아닌데 말입니다.

그런데도 어쩌겠어요. 그럼에도 운동은 옳습니다. 이걸 그냥 "몸에 좋으니까 운동하세요"라고 얘기해서 그렇지, 저는 '운동=자존감'이라고 생각합니다. 우울하고 무기력해져 자신이 싫은 상태, 즉 자존감이 낮아져 있을 때 특히 많이 하는 것이 비교입니다. 오죽하면 소설 『불편한 편의점』의 주인공 홍근배는 이렇게 말했겠어요. "걱정 독, 비교 악"이라고 말입니다.

그리고 비교는 기본적으로 남을 전제로 합니다. 낮아져

있는 자존감은 남보다 못한 자신을 기가 막히게 잘 찾아내죠. 능력, 외모, 돈, 가족…… 하다못해 손톱 발톱 생긴 모양까지 말이에요.

운동은 그 비교의 시선을 남이 아닌 자기에게로 가져올 수 있는 가장 가까운(내 몸이니까), 가장 쉬운(내 몸만 움직이면 되니까), 그리고 가장 싸게 먹히는(돈 안 들여도 할 수 있으니까) 방법입니다. 어제 10분 걸었으면 오늘은 11분, 내일은 12분 걸어보세요. 처음엔 힘들어 헉헉거렸건만 이삼 주 지나면 30분을 걸어도 멀쩡한 자신을 볼 수 있습니다. 지난주는 턱걸이 1번이 안 됐는데 어라, 이번 주는 3번도 거뜬히 해내는 자신을 볼 수도 있고요.

그러니까 운동의 핵심은 남과 비교하느라 허투루 쓰고 있던 시간의 이동입니다. 자기 자신에게로 그 시간을 옮기는 '주의초점'의 전환이지요. 그러다 보면 집 나갔던 자존감이란 놈이 어느새 돌아와 옆에 붙어 있습니다. 그러면서 그 놈이 말을 건넵니다.

"너도 제법 괜찮은 사람이야. 너나 상사나 똑같은 사람이야. 그러니 내일은 상사한테 면담을 요청해 보자."

화는 냈지만, 밑져야 본전이라고 운동해 보라며 떼를 쓰는 저의 집요함에 일단 알겠노라 하며 점심 식사 후 산책을 시작한 J는 그렇게 달라졌습니다. 그는 이제 마라톤도 뜁니다. 비난조의 상사가 확 바뀐 것은 아니지만, 비난의 화살을 날리는 상사에게 너스레 떨 여유가 생기니 상사도 가끔은 웃으며 말한다고 하더라고요.

어쩐지 너무 뻔하다고요? 어쩌겠어요. 뻔한 데는 다 이유가 있는 겁니다. 그래서 다들 뻔한데도 운동 운동 하며 노래를 부르는 거 아닐까요.

잠 오지 않는 밤을 내 시간으로 만듭니다

불면을 극복하는 '역설적 의도'라는 방법

나이가 든다는 사실을 확연히 느끼게 된 계기 중 하나는 커피였습니다. 네, 그 커피요. 일어나서 한잔 마셔야 아침이 시작되는 것 같고 어떨 땐 달달하게 기분까지도 좋아지게 만드는, 그래서 하루에 한 잔이고 두 잔이고 석 잔이고 마시고 싶고 마실 수도 있었던 커피. 그런데 이제 그 커피가 제 숙면의 적이 되었습니다.

작년부터 슬슬 조짐이 보이긴 했습니다. 저녁에 마시면 잠이 잘 안 오더군요. 그래서 작년 말까지는 저녁엔 일부러 피하려고 했습니다. 하지만 뭐 오후 6시 정도까지는 별 상관이 없었던 것 같아요. 아, 그랬던 게 올해 들어 부쩍 앞당겨지더라고요. 5시, 4시, 2시……. '아닐 거야.' 하고 부인해 보며 이전처럼 마셨다가 여러 날을 불면으로 고생하고 나서야 아이쿠야 꼬리 내리게 된 지 조금 됐습니다. 이젠 오전 중에만 마시려 하고, 오후에도 정 마시고 싶으면 디카페인 커피로 마십니다.

그 덕이라면 덕일까요, 불면에 대처하는 저만의 노하우도 생겼고, 불면으로 고통받는 분들의 마음도 더 이해하게 됐어요. 심한 불면이 사람을 어떻게 송두리째 잡아먹을 수 있는지 말입니다. 이 글은 고통까지는 아니라고 하더라도 저처럼 불편한 수준의 불면 때문에 고생하시는 분들이라면 한번 해보실 만한 저만의 방법을 알려드리려고 썼습니다.

'아무래도 오늘 밤 잘 자긴 글렀다.' 싶은 생각이 드는 그 순간, 저는 '에잇, 자지 마! 오늘 안 잔다고 안 죽어.' 하고 침대를 박차고 일어납니다. 그리곤 따뜻한 차 한잔을 손에 쥐고 제가 가장 좋아하는 공간인 제 방으로 들어갑니다. 그리고 책을 펼칩니다. 아무래도 너무 재미있는 것보다는 약간 부담스러워 한쪽으로 밀쳐놓았던 책이 더 좋겠죠. 아니면 노트북을 켜곤 하기 싫어서 미뤄두었던 작업을 할 때도 있고요. 주로 논문을 쓰거나, 논문을 쓰기 위해 봐야 하는 자료들을 보는 경우가 많답니다. 그렇게 한 장씩 읽거나 한 줄씩 쓰다 보면 슬슬 피곤해집니다. 그때 다시 침대로 가는 거예요. 그럼 아까보다 더 쉽게 잠이 오고, 짧더라도 더 깊게 잘 수 있더라고요. 그렇게 책을 읽거나 글을 쓰는 시간이 어떨 땐 30분일 수도 있고, 또 어떨 땐 1시간을 훌쩍 넘기기도 합니다. 그래도 침대 안에서 '자야 되는데, 자야 되는데……'를 되뇌며 초조하게 시간을 보내는 것보다는 훨씬 나았습니다.

실제 불안을 치료하는 기법 중 하나로 '역설적 의도paradoxical intention'라는 게 있습니다. 걱정하고 있는 그 행동을 의도적으로 계속하거나 오히려 과장하도록 지시함으로써 문제 행동에 대한 조절력을 향상시켜 문제를 극복하게 하려는 의도를 뜻합니다. 마치 제가 '자야 되는데……'를 '자지 말아야겠다'로 바꿔 생각해 버린 것과 같습니다. 이게 바로 조절력입니다. 그러니까 '잠'이 주어가 되어 나를 쫓아내던 상황을 '내'가 주어가 되어 그냥 안 자겠노라의 상황으로 바꾸는 것이지요. 마치 제가 안 자고 책 한 장 읽겠다, 논문 한 줄을 쓰겠다고 한 것과 같습니다.

이렇게 자기가 잠의 주인이 되어 이것을 조절한다고 여겨질 때, 걱정 대신 중요한 게 생깁니다. 바로 내가 선택한 것이라는 통제감, 그리고 그 통제감으로 행동한 결과에 대한 뿌듯함이죠. 불면으로 괴롭기만 했던 밤이 '고요'의 밤으로 바뀌어 저에게 책 한 장, 논문 한 줄이라는 좋은 결과물을 가져다준 것이니까요.

50대 여성 Q. 그녀도 많은 밤을 불면으로 고생했습니다. 평소 남편과의 갈등이 있었는데, 평소에는 괜찮다가도 남편과 싸운 날에는 어김없이 잠을 못 자 힘든 날을 보냈습니다. 불면의 날을 계속 보내다 수면치료보다는 심리상담이 더 낫겠다는 생각에 상담실을 찾아온 경우였지요. 남편과의 사이가 좋아지면야 자연스럽게 해결될 문제지만, 사실 오래된 부부 문제가 간단히 풀릴 건 또 아니잖아요.

저는 Q에게 이 역설적 의도 방법을 시도해 보도록 권했는데, Q가 선택한 방법은 클래식 음악을 듣거나 입문서 읽기였습니다. 젊을 적부터 기웃기웃 관심은 있었지만 도통 기회가 나지 않았던 클래식 음악을 이참에 접해보기로 한 거였어요.

모두가 잠든 밤, 홀로 깨어있는 그 조용한 시간에 방 안을 가득 채운 은근한 클래식 음악은 Q에게 제법 안정감을 주었습니다. 생각해 보면 아이들에 치여, 일에 치여 이렇게 혼자 있던 시간이 언제였나 싶어 언제부턴가는 즐기고도 있더랍니다. 이제 Q는 남편과 다툰 날에도 이전보다는 꽤 잘 잡니다. '오늘 잘 못 자겠네, 내일 일은 어쩌지?' 하며 지레 걱정하며 남편에 대한 원망을 곱절로 키우던 밤을 '오늘 못 잘 수도 있겠네, 그럼 베토벤 음악이나 들어봐야겠다'로 바꾸고 나니 오히려 더 잘 자게 되었다더군요. 남편과의 사이도 조금은 좋아져 요즘엔 새벽 클래식 듣기를 거의 못 했다며 살짝 아쉬워도 하더라고요.

못 잘 수도 있습니다. 괜찮습니다. 그 밤도 당신은 당신의 시간으로 만들 수 있습니다.

내가 글쓰기를 시작한 이유

'회복탄력성'이라는 용수철 활용하기

제가 글을 써야겠다고 마음먹은 가장 큰 이유는 책 때문입니다. 아주 많이 읽는다고는 못 하겠지만, 그렇다고 아주 적게 읽지도 않는 편인 거 같아요. 어느 조사를 보니 한국 성인의 연간 평균 독서량이 4.5권이라고 하던데, 그것보단 꽤 많이 읽으니, 까짓거 거짓말 살짝 보태 상위권에 속한다고 하죠 뭐.

저는 책을 좋아해야 한다는 약간의 의무감도 갖고 있는 편입니다. 그러다 보니 자주 인터넷 서점에 들락거리며 책을 사기도 하는데요. 어느 날인가 '이야, 재밌겠다.' 하며 구매한 책이 도착해 설레는 마음으로 택배 포장지를 뜯는데, 어라? 어디선가 많이 본 듯한 느낌적인 느낌이 드는 거예요. 설마 하며 슬슬 앞 페이지를 훑어보니, 어라? 어디선가 한번 읽어본 듯한 느낌적인 느낌이 또 들었습니다. 집에 가서 보니 책장에 그 책이 떡 하니 꽂혀있는 거죠. 게다가 책 곳곳에는 너무도 인상적이었다며 형광펜으로 표시한 문장도 상당히 많았고 중간중간엔 연필로 메모까지 한 흔적이 있더라고요. 이런.

네. 저는 이전에 샀던 책, 그것도 상당히 감동하며 읽었던 책을 전혀 기억하지 못한 채 또다시 샀던 겁니다. 그때 솔직히 충격이라면 충격을 조금 받았습니다. 그러려니 하기엔 아직 그럴 나이는 아니란 생각도 들었거든요. 그게 벌써 한 5년 전입니다. 네, 그러니까 마흔쯤이었죠. 마흔다섯인 지금이라면 또 모를까, 그땐 받아들이기가 더 힘들었던 거 같아요. 이 얘기에 당시 제 지인 중 한 명은 자기도 그런 적 있다며, 그래서 자기는 구매 이력을 알람으로 알려주는 어느 인터넷서점을 이용한다고 제게 가르쳐주기도 했죠. 정보도 정보였지만 '아, 나만 그런 게 아니었구나.' 하면서 살짝 위로가 되었던 기억이 생생합니다.

하지만 위로는 위로고, 제가 책을 읽으면서 느끼는 감정과 들었던 생각들이 사라진다, 그러니까 그냥 그렇게 흘러가 버린다는 데에서 일종의 위기의식이 들었던 것 같아요. 시간이 흐를수록 저의 기억력은 점점 더 감퇴할 테고, 이런 일은 더 자주 발생하게 될 테니까요. 그래서 일종의 결심이라면 결심을 하게 됐습니다. 하지 않던 SNS를 시작해 읽은 책과 본 영화들을 기록하고, 제가 몸담고 있는 기업상담 현장과 관련된 글을 하나하나 기록해 보자고요. 그러다 보니 기업상담과 관련된 책으로 엮어지기도 했고요. 이 글 역시 어느 포털의 플랫폼을 활용해 반려동물과의 일상, 그리고 노화와 상실에 관련된 글을 하나둘씩 쓰다가 시작하게 된 겁니다. 건망증에서 시작해 글쓰기로 이어졌고, 책까지 쓰게 만들었네요.

'회복탄력성resilience'라는 게 있습니다. 인간이 어떤 곤란에 직면했을 때 이를 극복하고 환경에 적응해 정신적으로 성장하는 능력, 즉 '마음의 근력'을 의미합니다. 전 회복탄력성을 용수철에 비교하는 편이에요. 다들 아시지요? 손으로 누르면 납작해지는 것 같다가도 손을 떼면 다시 원래대로 돌아오는, 그 신축성 있는 물체.

우리들 마음에도 이 용수철이 있답니다. 그래서 어떤 문제에 처했을 때 잠깐 당황하고 좌절하더라도 다시 치고 올라올 힘이 생기는 거죠. 그런데 이 회복탄력성을 얼마나 가지고 있느냐는 개인차가 있을 수밖에 없습니다. 용수철이 제품마다 신축성이 다르듯 말이에요. 그렇다면 '난 회복탄력성이 부족한 사람인가 봐.' 하고 풀이 죽는 분들도 계실 겁니다. 그렇다고 맨날 바닥에 납작 엎드려만 있을 순 없겠죠? 엎드려만 있는 것도 너무 힘이 들잖아요. 허리도 아프고 다리도 뻐근하니까요. 바로 그럴 땐! 그저 뭐라도 해야 합니다.

미술활동, 원예활동, 웃음치료, 신체활동 등이 포함된 총 10회의 프로그램을 실시한 후 회복탄력성에 대한 효과를 검증한 연구가 있습니다.[5] 실제 중년 여성 대상으로 한 연구인데요, 이 프로그램에 참여한 실험군이 그렇지 않은 대조군보다 회복탄력성 점수가 한결 높아진 것으로 나타났어요. 이를테면 저한테는 그게 글쓰기였던 셈이 되겠네요.

혹시 지금 곤란에 빠져 당황스럽고 자신이 실망스러워 납작해지셨나요? 그렇다면 어떤 걸 해보시겠어요? 계속 미뤄두기만 했던 서랍장을 정리해도 좋고, 꽃 한 다발 사서 식탁 위에 올려놔도 좋고, 동네 한 바퀴 산책만 해도 좋습니다. 그저 뭐라도 하고자 움직이는 그 순간에, 이미 여러분 마음의 용수철은 이만큼 올라와 있으니까요.

다이어트는
음식과의 물리적 거리 두기부터

감정을 누르는 '관조적 태도'에 관하여

나이 들어 서러운 것 중 하나는 아무리 적게 먹어도 살이 잘 안 빠진다는 것입니다! 흑흑. 느낌표에 담긴 이 원망감에 아마 많은 분들이 공감하시지 않을까 싶어요. 하긴 늘씬한 몸매의 대명사라 할 있는 모델 겸 배우 차승원 씨도 모 예능 프로그램에서 나이가 들었다고 느끼는 순간에 대해 "예전에는 기초대사량이 좋아 한 끼만 굶어도 다이어트가 됐지만 요즘엔 그게 잘 안된다"라고 토로할 정도니까요. 그나마 '와, 저 양반들도 그렇구나.' 하며 약간이나마 위안으로 삼습니다.

그렇다고 아예 안 먹을 수도 없는 노릇이고, 효과 좋다는 다이어트 비법들을 돈 들여 하거나 어렵게 하더라도 요요네 뭐네 하면서 원점으로 돌아오기 일쑤죠. 그러다 보면 돌고 돌아 결국 도달하게 되는 다이어트의 진리는 딱 하나, '적게 먹고 많이 움직이기' 뿐입니다. 그중에서도 적게 먹기. 이게 참 머리로는 알겠고 말은 쉬운데 실천하기는 너무 어려워요. 막상 맛있는 음식을 앞에 두면 나도 모르게 허겁지겁 먹게 되고 그럼 몸이 무겁고 나른해지니 금세 귀차니즘이 올라와 운동은 또 내일부터를 외치게 되죠.

얼마 전 모 회사 직원분들을 대상으로 '잘 먹는 습관을 만드는 작심삼일 모닝 챌린지'라는 프로그램을 진행한 적이 있습니다. 바쁜 직장인들이 일과 중이나 후에 시간 내어 뭘 하긴 어려워하시니 조금 일찍 출근해서 부담 없이 시도할 수 있도록 만든 프로그램입니다. 딱 3일간 20분씩으로 구성을 해봤죠. 직장인 대상으로 이와 비슷한 심리 교육 프로그램을 다양하게 진행하는데, 사실 45세 이상 중년 직원분들의 참여도가 그리 높은 편은 아니거든요. 바쁘기도 하겠지만 이런 것들에 대한 개방성이 젊은 세대보다는 낮은 이유도 있습니다. 그런데 이 프로그램에는 꽤 많은 분들이 참여해 주셨고 호응도 상당히 좋았습니다. 그만큼 잘 먹는 습관, 소식小食에 대한 관심, 반면 혼자서는 잘되지 않는 고충을 반영해 주는 거라 여겨졌습니다.

이때 3일 동안 참여자들과 함께 챌린지하면서 반응이 좋았던 소식 방법을 알려드리려 해요. 어쩌면 시시하다고 여겨지실까 걱정될 정도로 아주 간단하답니다.

딱 두 가지만 기억하면 됩니다. 첫째는 거리 두고 먹기. 둘째는 천천히 음미하며 먹기인데, 더 구체적으로는 한입에 10번 이상 씹어먹기입니다. 사실 두 번째 방법은 이미 많이들 알고 있는 것이니 더 이상의 설명은 생략하고요, 오히려 그걸 성공하려면 꼭 선행되어야 하는, 그런데 많이들 간과하시는 거리 두고 먹기에 관해 좀 더 얘기해 보려 합니다.

여기서 거리 두기란 크게 두 가지로부터의 거리 두기를 의미합니다. 하나는 내 몸, 또 다른 하나는 내 맘(감정)이에요. 우선 내 몸. 일단 내 눈앞에 매콤하고 달짝지근한 데다 치즈까지 듬뿍 얹어진 맛있는 떡볶이가 있다고 해볼까요? 와, 벌써 군침 도시죠? 이때 습관처럼 떡볶이에 몸을 바짝 붙여 허겁지겁 먹는 게 아니라, 떡볶이와 내 몸 사이에 커다란 공 하나가 있다고 상상해 보시는 거에요. 그 상태에서 떡볶이를 먹으려면 움츠려진 몸으로 안 되고, 내 몸이 좀 전체적으로 길어져야겠죠. 그러려면 팔을 식탁에 괴거나 다리를 꼬아도 안 되고 바르게 앉아야 할 것입니다. 그러면 자연스럽게 내 귀와 어깨는 멀어지게 되고 허리도 더 꼿꼿하게 세울 수밖에 없겠죠. 자, 여기까지 되었다면 절반은 성공입니다.

몸과 떡볶이 사이에 공간이 생겼다면 이제 잠시 눈을 감고 크게 들이마시고 내쉬는 호흡을 딱 3번만 하는 겁니다. 그리고 호흡과 함께 관찰하는 거예요. 지금 내 맘을요. 지금 나는 이 떡볶이를 조금 전 내 속을 뒤집어 놓은 아들에 대한 화나는 감정으로 먹어 치우려 하는 것인지, 아니면 오늘 회사에서 받은 스트레스를 날려 버리려는 보상 심리로 먹어 치우려 하는 것인지, 그것도 아니면 짜증 나거나 울적한 일을 잊으려고 먹어 치우려 하는 것인지를 말이에요.

그렇게 잠깐 생각해 보는 것만으로도 음식과 나 사이에 거리가 더 생깁니다. 몸을 멀리하는 것으로 한 뼘 생겼다면, 여기에 감정을 알아차리면서 한 뼘이 더 생긴 거죠. 이렇게 두 뼘의 거리가 확보되었을 때 '천천히 음미하며 먹기'가 비로소 가능해집니다. 오늘 이 떡볶이를 더 맛있고 정성스레 먹기 위해 최소한 10번은 씹어 먹겠다고 다짐할 여유가 생기니까요. 그렇게 먹을 때 빨리, 많이 먹어서는 잘 못 느끼는 포만감을 적게 먹어도 금방 느끼게 된답니다.

학창 시절 국어 시간에 배우셨죠? '관조적 태도' 말입니다. 대상에 감정을 몰입하지 않고 거리를 두고 바라보는 어조 말이에요. 이와 반대되는 어조가 감정이 강렬하고 갑작스러워 누르기 어려운 모습을 잘 드러내는 '격정적 어조'였죠. 다이어트에 실패했을 때를 생각해 보면 어떤가요? 마치 이 격정적 어조로 음식을 먹을 때였을 겁니다. 내내 잘 지켜오다가도 확 짜증이 났거나 벌컥 화가 났을 때, 그렇게 감정이 격해졌을 때 갑자기 에라 모르겠다 하며 펑! 입이 터지는 거죠.

음식과 나 사이에도 바로 이 관조적 어조가 필요합니다. "이놈의 자식, 어디 이따 집에 들어오기만 해봐라, 아주 제대로 혼내줄 거야!" 하며 씩씩거리다 보면 뭘 먹는지 얼마나 먹는지도 모른 채 와구와구 먹게 되지만(격정적 어조), 잠시 멈추고 두어 뼘의 거리를 두게 되면 "그래, 내가 지금 화가 나 있는 상태야. 그렇다고 막 먹으면 기분만 더 나빠지고 나중에 분명 더 후회할 거야. 그러니 지금은 이 떡볶이를 천천히 맛있게 먹는 데만 집중해 보자." 하고 조절할 수 있습니다(관조적 어조).

자, 오늘 저녁엔 뭘 드실 계획이세요? 그때부터 한번 같이해보실까요? 흠, 전 아무래도 오늘만큼은 매운맛 2단계 떡볶이를 먹어야겠어요.

2장

마음, 흔들리며 더 단단해집니다

완선 언니처럼 늙어가면 좋겠습니다

너무 행복하지도 않게, 너무 불행하지도 않게

완선 언니처럼 늙어가면 좋겠습니다. 아시지요? 날씬한 허우대와 개성 있는 춤으로 무대를 장악하던 원조 섹시 댄스퀸. 흰자가 더 보이는 듯한 특유의 눈으로 "나 오늘~ 오늘 밤은~ 어둠이 무~서워요"라며 노래를 부르며 8090 그 시대를 주름잡았던 가수 김완선 말입니다. 언니라고 부를 만큼 친하냐고요? 아뇨. 그랬으면 너무 좋겠지만 아쉽게도 전혀 아니랍니다. 2024년 올해 기준으로 그녀의 나이는 56세입니다. 저보다 거의 열 살이나 위인 셈이니 언니라고 불러도 괜찮지 않을까요? 지극히 개인적이고 일방적인 팬심을 담아서 말입니다.

어느 날 TV를 보는데 완선 언니가 나왔습니다. 56세라는 나이가 믿어지지 않을 정도로 여전한 미모와 몸매를 가지고요. 마침 MC들이 궁금했던 점을 물어줍니다. "대체 어떻게 그렇게 유지할 수 있는 거죠?" 완선 언니는 이렇게 대답합니다. "무지무지, 미친 듯이 관리합니다." 그 말을 듣는 순간 약간은 위로가 됐습니다. '그래, 타고난 것도 있겠지만 타고난 것만이 다라면 어디 나 같은 사람은 언감생심 꿈이나 꾸겠어? 요렇게 짧고 통통한 팔다리로 낳아주신 부모님 원망이나 괜스레 해보며 끝날 일이지.' 하고 말이에요. 언제나 저렇게 적게 먹고 저녁 5시 이후엔 아무것도 먹지 않고(세상에, 원래 그때부터가 본격 먹방 타임 아닌가요?) 수시로 운동하는 루틴을 지켜야만 가능한 거였다니! 요즘 부쩍 뱃살이 붙고 먹는 양과 무관하게(라고 우겨봅니다) 몸무게가 느는 게 완선 언니처럼 관리를 안 한 결과라는 점을 증명해 주는 듯해 살짝 안심이 되면서도 말이에요. '게다가 난 연예인도 아니니 뭐 어쩔 수 없지.' 하며 합리화 끝판왕의 결론을 내리게도 해주었으니, 역시 완선 언니는 언니 아니겠습니까.

식탐 많고 먹는 것 좋아하는 저로서는 지독한 자기관리만으로도 이미 존경심이 한가득인데, 이날의 백미는 그다음에 있었습니다. 나이듦이 주는 선물에 대한 그녀의 말. "사는 게 너무 행복하지도, 너무 불행하지도 않게 느껴지는 것이 좋다"라며 덤덤하게 읊조리던 그 말 말입니다.

돌아보면, 저 역시 지금보다 젊었을 땐 너무 좋았습니다. 한편으로는 너무 싫기도 했고요. 때론 너무 기뻤고 때론 너무 슬펐지요. 변화무쌍한 감정 앞에서 저는 언제나 속수무책이었습니다. 질질 끌려갔고 이리저리 휘둘렸으며, 그에 따라 인생도 하늘을 날아갈 듯했다가 금방 바닥으로 곤두박질치기 일쑤였죠. 좋은 일, 기쁜 일은 제 인생에서 당연한 것들이었지만 싫은 일, 슬픈 일은 '어떻게 이런 일이 나에게?' 하며 여기곤 했습니다. 저란 인간의 가치도 그때마다 달라져 어떨 땐 스스로를 귀하다 여겼지만, 어떨 땐 너무 별볼 일 없게 생각되어 쉽게 우울해지고 불안했습니다.

그렇게 '행복은 내 것, 불행은 네 것'이라는 태도로, 안될 싸움에 맹렬히 분투하며 화려하기 짝이 없는 그래프를 그려댄 시절을 지나, 그래프가 점차 완만해지는 시절이 왔습니다. 물론 그래프가 불쑥 치솟거나 가라앉는 날들이 지금도 여전히 있지만, 밋밋한 그래프로 사는 날의 편안함에 더 감사하고 있습니다.

이렇게 밋밋하게 사는 걸 추구하기 시작한 건 얼추 마흔에 들어서면서부터였습니다. 그런데 그냥 이렇게 된 건 아닌 것 같아요. 내 의도나 계획과는 전혀 무관한 일들이 주위에서 천연덕스럽게 벌어지는 것을 확인하고, 당혹스럽고 좌절스러운 그 일들이 오히려 다행이었음을 인정하게 되면서 그렇게 된 것 같습니다. 내가 잘나서 좋은 결과를 얻은 줄 알았는데 누군가와 함께했기에 가능했던 일임을 깨닫게 되면서 그렇게 된 것 같습니다. 나와 내 옆 사람이 별 볼 일 없지만, 별 볼 일 없단 게 귀하지 않은 건 아니란 걸 알고 나서 그렇게 된 것 같습니다. 그런 숱한 날들이 쌓이고 쌓인 것이었습니다. 그래서 법정 스님도 이렇게 말씀하셨던 것이 아닐까 싶어요. "삶을 전체적으로 받아들여라." 하고 말입니다. 그만큼 행복과 불행은 정말 한 끗 차이인 것 같습니다.

하지만 우리는 행복은 가까이, 불행은 저 멀리 떨어뜨려 생각하려고 합니다. 그런데 이런 생각은 안타깝게도 불행에 처한 우리를 더 큰 나락으로, 행복에 취한 우리를 더 높은 오만으로 이끌지요. 오히려 행복과 불행을 그저 지척에 있는 것이라고 여길 때 둘 다 있을 수 있고, 자연스러운 내 것이라고 여길 때 행복과 불행 사이를 오가느라 진이 다 빠지는 고통을 줄일 수 있습니다.

빅데이터로 포탈 기사의 언어 패턴을 분석하여 한국인의 행복과 불행을 탐색한 연구를 보면 2011~2017년까지 행복과 가장 관련성이 높은 범주는 '돈/재정적 이슈', '학교', '의사 소통'으로 나타났습니다.[6] 그렇다면 불행은 어떨까요? 놀랍게도 결과가 일치했습니다. '돈/재정적 이슈', '학교', '의사 소통'이었습니다. 행복과 불행이 얼마나 맞닿아있는가를 잘 보여주는 결과라 할 수 있죠.

행복과 불행의 '한 끗 차이'를 우리의 마음 관리에도 적용할 필요가 있습니다. 회사에서 실력을 인정받아 초고속 승진을 거듭해 동기들보다 빨리 부장이 된 40대 남성 F는 계속 승승장구할 줄 알았습니다. 하지만 그는 새로 온 임원과의 마찰로 눈엣가시로 취급되더니 계속 맡아오던 리더 직에서도 해임되었고, 성과가 보장되어 있지 않은 새로운 프로젝트의 멤버로 일을 하게 됐습니다. 초라해진 자신이 너무 불행하다며 상담실로 찾아온 그가 꿋꿋하게 잘 이겨내고 조금씩 밝아지더니, 어느 가을날 이런 이야기를 툭 꺼내놓더군요. 사뭇 감동적이기까지 한 이야기를요.

"선생님, 전 이제껏 너무 앞만 보고 달려와 그런지 사람들이 가을 단풍 얘기할 때마다 뭐 그리 유난인지 싶었거든요. 그런 제가 요즘 그 단풍이 너무 예쁘더라고요. 어찌나 예쁜지 저도 모르게 멈춰서 보고 감탄하고 있더라니까요. 그러고 보면 그 일이 제겐 참 전화위복이 된 거 같아요. 그땐 그게 되게 불행한 일로만 여겨졌는데, 그 일을 계기로 여유가 생긴 것도 같아요. 이전에는 리더로 이 회의 저 회의 쫓아다니고 부서원들 챙긴다고 정작 뒷전이던 제 전공과 기술을 살려 새롭게 일하는 재미가 있으니, 지금은 그게 참 다행이고 감사한 일로 바뀌었지 뭡니까."

행복과 불행은 늘 맞닿아있습니다. 그 한 끗 차이를 좌우하는 데 마음이란 게 꽤 큰 역할을 하지요. 그래서 '모든 게 마음먹기 나름'이란 말도 있는 것 같습니다. 영국의 작가 존 밀턴은 이렇게도 말했지요. "마음은 그 본연의 장소이다. 그래서 본질적으로 지옥의 천국이 될 수도 있고 천국의 지옥이 될 수도 있다"라고요. 그 마음먹기에는, 행복한 순간에는 너무 호들갑 떨지 않고 불행한 순간에는 약간 덤덤해질 수 있는 밋밋함, 달리 말하자면 평정심이 더 도움 될 때가 많습니다.

그래서 저도 요즘엔 가능한 한 밋밋하게 지내려 합니다. 무슨 일이 생길지언정 크게 반응하지 않고 심플하게 원래 제 일상의 패턴을 유지하려 하는 거죠. 회사에서 스트레스를 받은 날이더라도, 20대나 30대 때처럼 "열 받는다, 술 한 잔 해!" 하며 시끌벅적하게 보내는 것보다는, 전날 그랬듯이 저녁에는 요가 매트를 펴보는 겁니다. 30분 하던 스트레칭을 10분 할지언정 평소처럼 하는 거죠.

밋밋한 일상이 주는 안정감은 의외로 꽤 크답니다. 요동치던 제 감정도 어느새 잠잠해지거든요. 그러다 보면 다시 그냥저냥 그럭저럭 괜찮은 날이 된답니다. 살짝 다짐도 하게 되죠. '내일은 꼼지락 요가라도 30분 채워야지.' 하고서 말입니다.

아참, 아까 언급한 연구에서 뚜렷한 차이를 보인 범주가 하나 있긴 합니다. 바로 '몸 상태와 증상'입니다. 이는 불행과만 높은 관련을 보였습니다. 결국 건강은 그것이 옆에 쌩쌩하게 있을 때는 행복의 요소로 못 느끼다가 노화나 기타 이유로 잃어버렸을 때만 불행의 요소로 둔갑하는 셈인데요, 이 또한 눈여겨볼 일이 아닐까 싶습니다.

아닌 척, 아는 척, 아문 척하지 않습니다

'방어기제'의 성숙한 활용법

올해 제가 결심한 것이 하나 있는데, 그건 바로 '3척'을 하지 않는다는 것입니다. '아닌 척', '아는 척', '아문 척'하는 '척척척'을 하지 않겠다는 거죠. 아닌 게 아니라 지금까지 전 아닌 척하면서 아는 척을 하고 이내 아문 척을 너무 많이 하고 살았습니다.

첫째, '아닌 척'. 이건 제 감정에 대한 부인이나 부정입니다. 대개 부정적이라 여기고 있는 감정들이죠. 제가 못 느낀 것처럼 취급하고 싶은 감정은 서운함과 질투인 것 같습니다(이건 사람마다 다를 수 있습니다. 누구는 분노, 누구는 외로움, 또 누구는 불안이 느껴지면 외면하고 싶겠죠. 그러니 각자 자기감정을 잘 들여다볼 일입니다). 어쩐지 이 감정을 인정하는 순간, 제가 딱 그만큼 쪼잔한 사람이 된 것 같더라고요. 그래서일까요, 서운함이나 질투가 감지되면 그걸 충분히 느끼기도 전에 저 멀리 밀어내고 별거 아닌 걸로 축소시켜 버리곤 했습니다. 하지만 그런다고 그 감정이 없어지는 건 아니더라고요. 저 혼자 오래도록 끙끙대곤 했죠. 나 좀 봐달라는 감정에 시달리면서요.

둘째, '아는 척'. 이건 다른 사람의 생각과 감정에 대해 지레짐작하는 것입니다. 마치 '공감한' 듯 구는 것이죠. 상대의 말이나 감정이 어떤 건지 충분히 이해하지 못했으면서도 성급히 고개를 끄덕이거나, 더 나서서 "그렇죠, 알죠, 맞아요." 하고 반응합니다. 그 사람을 온전히 이해하는 것보다, 내가 이해하고 있는 것처럼 '보이고 싶은' 게 먼저인 가짜 공감인 거죠. 그 순간은 공감한 척 보이고 상대방도 그렇게 느낄 수도 있지만, 그리 오래가지는 못해요. 피상적이란 걸 저도, 그도 결국 알게 되거든요.

셋째, '아문 척'. 이건 아직 아픈 상처에 대한 외면입니다. 생채기가 남아 따끔따끔 아픈데 이미 지나가 버린 과거사로, 이젠 괜찮아졌단 거짓말로 덮으려 하는 거죠. 대충 반

창고로 붙여버리는 꼴입니다. 해사한 표정으로 난 아무렇지도 않다며 웃고 있어도 사실은 그 안에서 상처는 점점 커지며 덧나고 있습니다. 운이 좋아 이번엔 괜찮았다고 할 지라도 다음에 다른 곳으로 옮겨 모습을 드러내죠. 진통제가 당장의 치통을 참게 해주지만 충치는 사라지지 않고 옆니도 썩게 만드는 것처럼 말이에요.

이렇게 '척'하는 걸 일컬어 '방어기제'라고 합니다. 자신이 받아들일 수 없는 사고나 감정들을 막아내기 위해 무의식적으로 뭔가를 만들어냄으로써 자신을 지키려고 하는 노력이죠. 많이들 알고 있는 방어기제로는 억압repression, 억제suppression, 퇴행regression, 투사projection, 반동형성reaction, 합리화rationalization 등이 있어요. 어린 시절 힘들었던 때를 아예 기억 못하거나(억압), 불만을 얘기하고 싶지만 그가 서운할까 봐 참는다거나(억제), 동생이 생겼을 때 갑자기 더 어린 짓을 한다거나(퇴행), 사실은 내가 그를 싫어하는 건데 그가 나를 싫어한다고 탓하거나(투사), 싫어하는 상사에게 더 잘한다거나(반동형성), 후배 공을 가로채 놓고 관례적인 거라 여기는(합리화) 것들입니다.

그럼, 앞서 고백했던 저의 '3척'들은 어떤 것일까요? 맞습니다. 대체로 '억제'가 많습니다. 이처럼 사람마다 각자 많이 쓰는 방어기제가 있습니다. 그러니 일상에서 자신의 모습, 즉 생각과 언행에 주의를 기울이고 알아채는 것도 중요합니다.

사실 이 모든 방어기제들을 가만히 살펴보면 그 밑바닥엔 결국 타인에게 (괜찮은 사람이라고) 인정받고 싶고, (공감 잘해주는 사람이라고) 사랑받고 싶고, (약하다고) 버림받고 싶진 않은 마음이 깔려 있습니다. 그러니까 이 마음을 발견하게 될 때 방어기제를 쓰는 자신을 미워하지 않고 '그래, 내가 그만큼 인정받고 사랑받고 싶구나.' 하면서 이해하고 보듬어줄 수 있게 되는 것이죠. 그리고 그때부터 굳이 감추려 하지 않을 수 있고, 있는 그대로의 나를 인정하고 수용할 수 있게 되는 겁니다.

융 분석가인 제임스 홀리스James Hollis는 이렇게 말했습니다. "흔히 '중년의 위기'라고 일컬어지는 마흔 이후의 삶이란 '중간 항로middle passage'라 재명명되어야 한다.[7] 그러기 위해서는 유년기의 주술적 사고와 사춘기의 영웅적 사고에서 벗어나 자신의 의존성, 콤플렉스, 공포를 직면하는 것으로부터 시작해야 한다. 그래야 새로운 항해를 나갈 수 있다"라고요.

그러니 마흔을 나고 있는 저 역시 이제 '척은 그만하자'라는 마음을 먹을 때도 된 겁니다. 언제부터인가 '~척하느라' 들어가는 에너지와 시간이 아깝게 여겨지더군요. 고상한 척, 도도한 척, 괜찮은 척, 이 '3척'을 그만하고 나 자신의 꼬락서니를 있는 그대로 직면하려고 애쓰고 있습니다. 그러기 위해 내가 바라는 대로 되었으면 하는(주술적 사고) 욕심과 내가 괜찮은 사람이란(영웅적 사고) 착각에서 벗어나려 애쓰고, 나는 그냥 이 정도의 사람이라는 것을 받아들이려고 노력 중이랍니다.

상대방의 마음이 공감이 안 될 때는 '왜 저리 내 마음을 몰라주지?' 혹은 '쟤는 상담한다는 사람이 왜 그러나?' 하고 서운함과 의구심을 받을지언정-어쩌면 이것도 제가 그렇게 느끼는 걸 수도 있겠죠. 앞서 언급한 방어기제 중 '투사'입니다-아직 충분히 공감이 안 된 나를 솔직하게 드러내고 다시 질문하는 용기를 내 봅니다. 이것은 '찐' 공감을 하기 위한 또 다른 시도죠.

사실 방어기제 자체가 나쁜 것만은 아닙니다. 자신의 욕구(사랑, 인정 등)가 좌절될 때 발생하는 심리적 갈등을 처리하기 위한 자연스러운 과정인데, 이는 자기를 보호해 주기도 하거든요. 이전에는 방어기제 자체를 미성숙한 것으로 취급하는 경향이 컸지만, 지금은 성숙하게 대처하는 방법에 더 초점을 맞추는 추세입니다.

성숙한 방어기제에는 이타주의altruism, 승화sublimation, 유머humor, 인내patience, 수용acceptance 등이 있습니다. 예를 든다면, 어떤 대가도 없이 타인을 순수하게 돕기(이타주의), 누군가에 대한 화나는 감정을 격한 운동으로 해소하기(승화), 힘들고 심각한 상황에도 웃어넘기기(유머) 등이 있겠네요.

제가 성숙한 방어기제의 활용을 위해 스스로도 종종 사용하고 내담자들에게 권장하는 것 중 하나가 '유머'입니다. 앞서 말한, 상대방의 이야기에 공감이 잘되지 않을 때는 위축되는 제 마음과 긴장을 풀기 위해 유머를 사용합니다. 애꿎은 나이도 들먹여 보면서요. "아, 제가 나이가 들어 이해력이 좀 떨어지나 봐요. 미안해요. 조금만 더 얘기해줄래요? 그때 무슨 생각이 들었죠?" 그의 세상에서 무슨 일이 있었는지 조금 더 문을 열어 보여달라고 요청하는 거죠.

제가 유머를 선호하는 이유는 다른 것보다 접근과 실행이 쉽고 더 효과적이기 때문이에요. 이를테면 유튜브로 예능 프로그램을 보거나 유쾌한 농담을 잘하는 친구와 통화를 하는 겁니다. 이때 생기는 약간의 웃음은 지나치게 심각해지거나 무거워지는 경향에서 우리를 구해줍니다. 사고가 경직될수록 심해지는 부정적 인지편향, 즉 부정적인 생각에 현미경을 대고 어떻게 하면 더 안 좋은 것, 더 나쁜 것을 찾아낼 수 있을까 하고 열심히 들여다보는 행위에 '잠시 멈춤' 신호를 주는 거죠. 나를 툭 건드려 그 현미경에서 시선을 떼게 하고 피식 웃게 하는 게 유머인 셈입니다. 그리고 바로 그때, 너무 무거운 공기로 가득 차 숨쉬기조차 어려운 나의 우주에 살짝 틈이 생깁니다. 그 틈으로 상쾌한 바람이 들어오는 것이고요. 그 바람의 이름은 '여지'입니다. 남을 여(餘), 땅 지(地). 어떤 일을 하거나 어떤 일이 일어날 가능성이나 희망을 뜻하죠.

하버드대학교에서 약 90년간 800여 명을 대상으로 연구한 결과도 이를 뒷받침해 줍니다.[8] 연구팀은 건강하고 행복한 노년을 보장할 수 있는 요소들이 무엇인지 장기간 추적했습니다. 그 결과 행복의 조건은 부, 사회적 명성, 성장 배경 등이 아니었어요. 고난이나 역경에 대처하는 자세, 바로 성숙한 방어기제의 활용에 있었습니다. 그리고 그 안에는 유머, 즉 지나치게 심각한 태도를 취하지 않는 행동이 포함되어 있었고요.

그렇지만 마음의 습관이란 무서울 정도로 강합니다. 지금까지 방어기제가 어쩌고저쩌고하며 잘난 척해 본 저도 '~척하려는' 때가 여전히 많습니다. 그럴 때면 잠깐 숨을 골라봅니다. 그리고 바라봅니다. 지금 내 마음은 어떻지? 아주 잠깐, 3초 정도 멈춰 살펴본 뒤(직면), 그에 족하는 반응을 취해보는(새로운 항해) 거예요. 기쁜 만큼 웃고, 이해 안 되면 다시 묻고, 서운하고 아프면 감당할 수 있을 만큼 표현하면서 말입니다.

화만 내고 있기엔 날씨가 너무 좋잖아요

'행동'으로 부정적 생각에서 벗어나기

나이듦에 대한 감정은 아직 두려움과 서글픔, 안타까움이 지배적입니다. 그렇다고 누군가 제게 "다시 젊어질래?" 하고 묻는다면 "흠…… 굳이?" 하고 주저하며 답하는 걸 보면, 제 감정 어딘가에는 나이듦에 대한 반가움과 편안함, 기대감이 약간은 있다는 거겠죠. 나이가 들어 좋은 것 가운데 하나는 젊은 시절에 비해 '화'라는 감정에 휩싸여 있는 시간이 많이 짧아졌다는 것입니다. 이유는 단순합니다. 화만 주야장천 내고 있기엔 날씨가 너무 좋거든요.

비 오고 흐리고 미세먼지에 황사까지. 궂은 날도 많지만,

그래도 1년 365일 중에 맑은 날이 더 많은 게 우리나라가 아닐까요. 오늘처럼 한 차례 비가 쏟아진 뒤 가을의 심장부를 향해 점점 깊어지는 날씨는 정말이지 너무나 좋습니다. 곳곳에 예쁘게 물든 단풍과 은근히 고소한 나뭇잎 특유의 냄새, 밟을 때마다 과자 씹듯 아작거리는 그 소리를 떠올리면 맛있게까지 느껴진답니다.

그만큼 날씨 감수성이 높아졌다고 할까요. 그 덕에 매일 아침 산책길에서도 작년보다는 올해, 어제보다는 오늘 더 민감하게 온도와 습도, 냄새를 느끼게 됐습니다. 아침 공기가 맑고 바람이 딱 알맞게 선선했던 오늘 같은 날엔 "와, 정말 좋다!" 하는 감탄사도 절로 나오더라고요. 산책을 마치고 더 밝아진 빛 속으로 나서는 출근길에는 몸의 감각들이 더더욱 살아납니다. 어제는 샛초록이었는데 오늘은 살짝 불그스레하게 변한 나뭇잎, 햇빛 받는 양이 달라져 그 형세도 달라 보이는 저 너머 산줄기, 살짝 차가워진 공기에 슬쩍 쓰다듬게 되는 팔목 살갗, 끈적임은 줄고 순수하게 더 촉촉해진 흙 내음……. 이렇게 날씨를 만끽하다 보면 그전까지 있었던 화가 슬그머니 사라집니다. '이 좋은 날씨에, 이 화가 웬 말? 어차피 시간은 그냥 흐르고 날씨는 이렇게나 좋은데 말이야.' 좋은 날씨를 화 때문에 그냥 보내는 것이 마냥 아까워지는 거죠. 화를 내는 이 순간에도 시간은 지나가고, 내가 가진 날들도 지나가고 있는데 말이에요.

이 정도의 여유라도 가지게 된 건 나이가 좀 들었기 때문입니다. 그 전엔 저 역시 쉽게 화에 압도당했습니다. 아니, 더 정확히 말하면 화가 난 상황 이후, 꼬리에 꼬리를 무는 생각에 진 것이죠. 상대방의 사소한 언행에서 시작된 화는 제 생각 속에서 전염력과 점화력을 점점 키우며 엄청나게 확산되기 일쑤였어요. '사람들은 어쩜 그리 이기적일까?'라든가 '왜 나는 항상 이 모양이지?'와 같이 그 사람에서 사람들 전체로, '그때'에서 '항상'으로 퍼져나갔죠.

이런 걸 '파국화catastrophizing'라고 합니다. 지각한 위협을 부정적으로 극대화함으로써 최악의 상황을 예상하는 사고를 의미하죠. 실제로는 2레벨 정도의 상황인데 10레벨까지 나아가는 극단적인 시나리오를 써버리는 겁니다. 그래서 '재난화', '재앙화', '부정적 과장' 등으로도 불리죠.

20대 직장인 M의 사례를 볼까요? 그는 오전에 상사의 칭찬을 받아 방금 전까지는 기분이 썩 괜찮았습니다. 그런데 조금 전 대학 동기와 SNS로 메시지를 주고받다가 기분이 확 상하고 말았어요. 아직 취업을 못한 동기가 "너는 좋은 직장 다녀 내 기분을 모른다"라는 식의 말을 했기 때문입니다. 아무렇지 않은 척 대화는 마무리 지었지만 그때부터 M의 기분은 끝도 없이 추락했습니다. 맨 처음 '걔는 왜 그렇게 말을 하지?'에서 출발했던 생각은 이내 '역시 세상에 믿을 사람 하나 없어'로 번졌고, 끝내는 '역시 어쩐 일로 나한테 좋은 일이 다 있나 싶었다. 난 늘 불행해'에 이르렀기 때문입니다.

이런 파국화는 M뿐만 아니라 상당히 많은 사람들이 자주 범하는 인지적 왜곡 중 하나입니다. 그런 경험들 있지 않으신가요? 배우자나 자녀가 말썽을 피울 때 나도 모르게 '내 팔자가 그렇지 뭐'라고 한다거나, 자녀가 시험 한번 망쳤을 뿐인데 '올해도 끝났어. 대학 입시는 망쳤어.' 하며 불행을 한껏 당겨오는 말을 해서 당혹스러웠던 경험 말입니다. 우리가 스트레스 상황에서 자주 하게 되는 이와 같은 생각들이 다 파국화의 일환이라 볼 수 있습니다.

이런 파국화를 강화시키는 생각의 주요 특성 중 하나가 바로 '골몰'입니다. 다른 생각을 할 여유도 없이 한 가지 일에만 파묻히는 것. 골몰이라는 것 자체가 집중의 속성이 있으므로, 필연적으로 터널비전tunnel vision, 즉 터널 안에 갇혀 있는 것처럼 시야가 좁아지는 현상이 나타날 수밖에 없습니다. 양옆 시야가 막힌 채 오로지 골인점을 향해 달려가는 경주마처럼, 오로지 자신이 옳다고 생각되는 생각을 향해 점점 더 가속도를 붙이며 달려가는 셈이에요.

골몰의 파국화를 멈출 방도는 거기서 빠져나오는 것밖에는 없습니다. '저 사람이 나한테 왜 그랬지?'라고 골몰하게 될 때 고개를 세차게 도리도리 흔들며 '아, 그냥 그 사람 사정이 있었겠지. 그만 생각하자!' 하는 것, '병이 더 심해져 움직이지도 못하게 되면 어쩌지?'라고 골몰하게 될 때 자리를 박차고 일어나 물을 한 잔 마시며 '아, 당장 죽을 수도 있는 게 인생이야. 어쨌든 지금은 아니잖아?' 하는 것. 이때 주목할 것은 밑줄로 표기한 '행동'입니다. 흔히 원치 않는 생각에서 벗어나고 싶을 때, '다른 생각을 하려고 한다'고들 하는데 사실 그게 그리 쉽지는 않습니다. 그리고 어쩌면 그렇게 이야기 하는 사람조차 사실은 다른 행동을 하면서 자연스레 생각을 전환했을 가능성이 큽니다. 이를테면 음악을 듣거나 수첩을 만지작거리거나 창밖을 한번 보는 식으로 말이에요. 생각은 생각으로 잘 이겨지지 않습니다. 생각은 행동으로 이겨내야 합니다.

그러니 내 생각이 파국화로 치닫는 것 같다고 느껴진다면 당장 움직이셔야 합니다. 그래야 다른 길도, 풍경도, 사람도 보입니다. 그렇게 시야가 확장되어야 크고 작은 것들이 보이기 시작하고 그것들이 다시 나의 경험과 연결됩니다. 그리고 실제가 확인되고 평온이 찾아옵니다. '세상에 믿을 사람 하나 없다.' 하고 여겨졌던 M의 곁에 늘 자기 편이 되어주는 여자 친구가 있었던 것처럼, '난 늘 불행해'라고 생각하던 M이 불과 몇 시간 전만 해도 능력 있는 직장인으로 행복해했던 것처럼 말이에요.

알아차림, 주의집중 등을 일컫는 '마음챙김mindfulness'이라고 하는 명상적 개입이 파국화를 막는 데 매우 효과적이란 사실은 충분히 입증됐습니다. 이런 마음챙김도 호흡, 즉 숨을 들이마시고 내쉬는 행위에서 시작됩니다. 결국 마음챙김과 몸챙김bodyfulness은 한 몸이예요. 행동에 파국화의 출구가 있는 겁니다. 우리가 날씨의 변화를 더 민감히 알아채고, 그 변화가 만들어내는 자연과의 조우에 더 깊이 집중하는 것도 일종의 마음챙김, 몸챙김인 셈입니다.

그러니 오늘도 외쳐봐요. '나이 들면서 점점 더 커진 날씨 감수성이여, 격렬히 반기고 있으니 더 솟아나렴! 화만 내고 있기엔 날씨가 너무 좋고, 내게 남은 날들은 너무 아깝잖아!' 하고 말입니다.

결국
누군가에게 기대 가야 하니까요

'도움 추구 행동'에 관하여

'도움 추구 행동help-seeking behavior'이란 게 있습니다. 자신이 도움이 필요한 취약한 상황에 처해 있을 때, 이를 인정하고 도움을 구하는 행동을 의미하지요. 하지만 우리 대부분은 이 도움 추구 행동을 잘 못하는 것 같습니다. 여러 이유가 있겠지만 대체로는 타인을 의식하면서, 도움을 요청하면 자기가 약한 존재로 보이는 것에 대한 두려움이 크기 때문입니다.

연구 결과를 살펴봐도 수직적 집단주의 경향이 높을수록, 자기 은폐 성향이 높을수록 도움 추구 행동을 잘 못하는 경향이 있습니다[9]. 성별로 보자면 남성이 더 취약합니다. 도움 추구의 선행 요인들에 대한 분석 결과에 따르면, 남자가 여자보다 도움 추구 태도에 부정적이고 남성성이 높을수록 도움 추구 의도가 낮아지는 것으로 나타났어요.[10] 즉, 남성적인 성향이 강하다고 지각하거나 남성적인 성향을 강조하는 사람일수록 도움을 요청하는 것에 인색한 셈입니다. 평소 '남자가 이 정도도 혼자 해결 못하면 안 되지', '남자가 약한 모습 보이면 안 되지'라고 생각하는 사람일수록 혼자 끙끙 앓을 가능성이 높단 말이겠죠.

50대 초반 남성 K도 상담실을 찾기까지 꽤 오랜 시간이 걸렸습니다. 몇 달을 버티다 '죽고 싶다'라는 생각을 강하게 하는 자신을 발견하고 덜컥 겁이 나 찾아온 것이었습니다. 올해 들어 K의 회사에서는 50대 이상 직원들을 대상으로 희망퇴직 신청을 받기 시작했습니다. 한때 해외지사에 주재원으로 근무하고 중요 보직을 맡는 등 K 역시 승승장구하던 시절이 있었지만, 지금 그런 것들은 과거지사가 되어버렸습니다. 이제 K는 그저 희망퇴직 대상자일 뿐이니까요. K는 거부 의사를 밝혔지만 일에서 점점 배제되어 가는 분위기 속에서 압박감은 날로 커져 갔습니다. 입맛을 잃은 지 오래됐고 저녁이 되면 술 생각만 절실해졌죠. 하지만 그의 이런 사정을 알고 있는 사람은 같은 처지에 있는 동료 몇밖에 없었습니다. 친한 친구들과 가족에게는 아무 말을 안 한 거예요. K가 이렇게 오래 혼자 속앓이를 한 데에는 '나는 힘든 걸 참아야 하는 남자'이고, '다른 사람들에게 힘든 걸 털어놓거나 상담 같은 걸 받는 건 나약한 사람들이나 하는 것'이라는 평소 인식도 한몫했습니다. 그런 K가 오죽 힘들었으면 상담실까지 왔겠는가 싶어 안타까운 마음이 더 컸던 기억이 나네요.

성별도 성별이지만 평소 완벽주의 성향이 높을수록, 정서 표현을 억제할수록, 그리고 자신의 약한 모습이나 진짜 모습을 남에게 드러내면 불리하다고 인식할수록 도움 추구 행동은 더 줄어들게 됩니다. 어떤가요? 아마 남성들에게 이러한 면들을 대입시키는 것이 크게 낯설지 않으실 거 같아요. 옆에 있는 남편, 나의 아버지, 회사에서 만나게 되는 동료나 상사…… 자연스레 떠오르시죠? 그만큼 이런 성향은 우리 주변에 있는 40~50대의 남성들에게서 흔하게 발견할 수 있습니다. 그렇게 자라왔고, 자라면서 그런 경향이 점점 강화되었죠. 결국 그들은 힘들면 힘들수록 더 섬처럼 혼자 둥둥 떠 있을 가능성이 높습니다.

그러나 제때, 적절한 도움을 받는 것은 삶의 굽이굽이를 지나며 안전하게 다음 단계로 넘어가는 데 너무나 중요하고 큰 역할을 합니다. 저는 홈트로 혼자서 요가를 3년 넘게 해오다, 몇 달 전부터 큰맘 먹고 1:1 기구 필라테스를 배우기 시작했습니다. 요샛말로 '필린이'인 셈인데요, 그동안 혼자 요가 매트 위에서 근육을 이완시키고 수축시키던 걸, 이젠 리포머나 바렐 등의 기구와 선생님의 가르침을 받아 더 길게 이완시키고 더 강하게 수축시킬 수 있습니다. 그러다 보면 '이게 가능하다고?' 여기던 동작도 어느 순간 하고 있고, 이전에 비슷하게 흉내만 냈던 동작은 '아, 이렇게 해야 하는 거였구나' 제대로 하게 되더라고요. 어쨌든 저는 조금 더 앞으로 나아간 느낌입니다. 아닌 게 아니라 근래 허벅지가 더 단단해지고 체력도 좋아진 것 같아요.

아마도 그때 적절한 배움과 도움이 없었다면, 혼자 하는 요가에 재미를 잃어가던 저는 운동을 아예 그만두었을지도 몰라요. '아, 운동해야 하는데.' 하고 생각만 하며 방바닥에만 붙어있을 수도 있었을 거에요. 맞지 않는 자세로 허리 통증만 더 키우고 있었을 수도 있고요.

제때의 적절한 도움이 우리를 앞으로 나아가게 합니다.

제자리걸음만 하는 것 같아 답답할 때, 되려 뒤로 가는 것 같아 조바심 날 때, 주위에 도움을 구해보는 건 어떨까요? 가뜩이나 상처 입어 절뚝이는 발로 끝이 보이지 않는 높은 능선을 혼자 넘기란 정말 힘드니까요. 결국 누군가에게는 기대 가야 합니다.

K도 잠깐 상담실에 기대 있다가 가족과 함께 그 능선을 무사히 넘어갔습니다. 현재 상황을 솔직히 털어놓았고 가족들에게 도움을 요청했거든요. 결과적으로 K는 당분간 회사에서 더 버티기로 했습니다. 첫째가 취직을 하고 아내가 지금 하고 있는 아르바이트를 풀타임으로 전환하기까지 최소 1년의 시간을 더 벌기로 결정한 것이죠. 회사에서의 압박, 견뎌야 할 수치심 등등 그의 앞에 놓인 험한 능선은 여전하지만, 가족들이 함께하기에 지금의 K는 훨씬 덜 외롭고 덜 춥게 그 길을 넘어가고 있습니다.

표정대로
인생이 흘러간답니다

'안면 피드백 이론'에 관하여

"너 때문에 산다.", "~없으면 못 살아.", "~만이 내가 사는 낙이야." 이런 이야기를 들으면 어떠신가요? 일편단심 의리 있고 오매불망 숭고하게 느껴지시나요? 혹은 그런 집중의 대상이 있다는 게 부럽게 느껴지시나요? 아닙니다. 이런 류의 얘기를 들으면 반드시(!) 위험하다 느끼셔야 합니다.

결론부터 말하자면, 삶의 낙이란 여기저기 구석구석 많아야 합니다. 다르게 이야기하자면 '너저분하게'가 낫겠네요. 사전적 의미대로 라면 '질서 없이 어지럽게 널려있게'이지만, 이는 '다양하게' 또는 '다채롭게' 등의 예쁜(?) 말로도 대치할 수 있겠죠. 그런데 이렇게 말하면 뭔가 그럴듯한 혹은 어딘가에 내세울 만한 것들만 떠올릴 것 같아 굳이 '너저분하게'라고 표현해 보았습니다. 그만큼 아무 것이든 좋다는 의미입니다. 돈 드는 것, 안 드는 것. 시간이 많이 드는 것, 적게 드는 것. 누군가와 같이 할 수 있는 것, 혼자도 할 수 있는 것. 자랑하고 싶은 것, 나만 알고 싶은 것 다 좋아요. 무엇이든 여기저기 구석구석 너저분하게(!) 있어야 합니다. 왜냐고요? 삶의 낙이란 게 한 군데에만 집중되는 건 너무 위험하니까요.

삶의 낙이 그저 '술 한잔'인 남자는 술을 못 마시는 상황에 닥치면 감정을 주체하기가 쉽지 않습니다. '자식 하나' 바라보고 사는 여자는 그 자식이 자신을 실망시키거나 다른 대상에게 가버리면 인생이 뻥 구멍 난 것처럼 느낍니다. '오로지 여자 친구'에게만 목매는 남자는 그 사랑이 끝나면 하늘이 무너져 내리고요. '일에서의 성공' 하나만 바라보고 달려온 사람은 실패했을 때 전부를 잃은 것처럼 추락합니다. 이렇게 전적으로 하나에만 집중하는 것. 그것이 '의존'입니다. 그리고 의존이 한 걸음 더 나아가면 바로 '중독'이 돼요. 그러니 위험한 겁니다.

다행히도 저는 삶의 낙이 너저분하게 많은 사람입니다. 점점 나이가 들면서 너저분의 정도가 세지는 걸 보면 이것도 나이듦의 축복 가운데 하나인 것 같아요. 어제의 유난히 붉었던 저녁 노을이 그랬고요, 남편이 크래커로 만들어 준 초간단 카나페가 그랬습니다. 출근길 라디오에서 흘러나온 좋아하는 노래, 잘 말려 원하는 웨이브가 나온 머리 스타일, 피곤을 사르르 풀어주는 달달한 초콜릿 한 알도 그랬습니다. 매일매일 저희 집 강아지를 만질 때가 또 그렇습니다. 복슬복슬한 녀석의 털 사이로 손을 쏘옥 넣으면 살갗에서 따뜻한 온기가 느껴지죠. 이 모든 것들이 다 저의 낙입니다. 위로이지요.

삶의 여기저기 구석구석 너저분하게 널려 있는 작은 낙들이 주는 위로의 힘은 꽤 강력합니다. 이걸로 안 된다 싶을 때 금세 공허해지거나 망가지는 게 아니라 다른 걸로 채울 수 있기 때문입니다. 손쉽게 취할 수 있는 건 당장 할 수 있어 좋고, 조금 공을 들여야 하는 건 그 덕에 집중할 수 있어 좋습니다. 어떻게 그럴 수 있을까요? 여기에도 심리적 법칙이 작용합니다. 미국의 심리학자 실반 톰킨스가 주장한 '안면 피드백 이론facial feedback theory'이란 게 그것입니다.

'웃으면 복이 와요'라는 말을 들어본 적 있으실 거예요. 그저 옛 어른들이 하는 말일 뿐이라고 넘기기 쉽겠지만, 사실 이 말은 상당히 과학적입니다. 앞서 말한 안면 피드백 이론을 100퍼센트 잘 설명하고 있기 때문입니다. 안면 피드백 이론이란, 표정을 바꾸면 뇌에서는 그 표정대로 상황을 인식한다는 것을 의미합니다. 한마디로 뇌를 속이는 거죠. 일례로 우리가 썩 기분이 좋지 않아도 웃는 표정을 지으면 뇌는 지금을 행복한 상황이라고 인식해서 긍정적인 정서를 더 이끌어내고 조금 전보다 실제로 기분이 더 나아지게 됩니다. 그러니까 지금 마음이 지옥밭이라면, 거기에서 벗어나고 싶다면 억지로라도 입꼬리를 위로 올리며 웃는 표정을 지어보는 거예요. 그럼 뇌는 아주 조금이라도 나아진 기분을 느끼게 만들거든요. 그럼 그 기분을 밑거름 삼아 '이러고 있느니 좋아하는 코믹 영화라도 한 편 볼까?' 할 수 있게 되는 거예요. 그래서 영화라도 한 편 보다 보면, 어느 순간 살짝 웃기도 하면서 온통 지옥밭인 줄 알았던 마음 한구석에서 작지만 예쁜 꽃밭도 있음을 발견하게 되는 겁니다.

바나나를 오래 보관하는 방법에 '바나나 속이기'라는 게 있다고 해요. 옷걸이에 바나나를 걸어서 보관하는 방법이라죠. 이렇게 보관하면 바나나가 나무에 매달려 있는 것처럼 착각해 더 오래 싱싱한 상태를 유지한다고 합니다. 어느 정도 일리가 있는 게, 실제 바나나의 윗부분에는 과일을 숙성시키는 에틸렌이라는 성분이 활성화되어 있다고 합니다. 특히 바나나는 윗부분 꼭지에서 이 에틸렌의 합성이 활발하게 이루어지므로 이 부분이 위로 가게 걸어 놓아야 밑부분까지 미치는 영향을 줄일 수 있다는 거죠. 바나나처럼 우리 뇌도 잘 속일 필요가 있습니다. 지금 당장의 기분 전환을 위해 그저 웃는 척이라도 해보는 것, 내가 원하는 상태를 이미 이뤘다고 상상이라도 해보는 것이 그것이죠.

상담실에서 자신의 성공 경험을 이야기하는 분들의 노하우에도 이런 뇌 속이기 방법이 제법 많았습니다. 금연에 성공한 40대 남성 N은 "나는 원래 담배를 피우기 싫어했던 사람이고, 이전에도 담배를 아예 피운 적이 없었다고 생각하며 딱 끊었어요. 담배가 너무 생각날 때는 산책을 한 바퀴하고 왔지요. 그럼 기분이 한결 나아지고 담배 생각은 좀 잠잠해지더라고요"라며 자랑했습니다.

아이들 육아로 심신이 지쳐있는 30대 여성 Q는 이렇게 말하며 웃음 지었습니다. "애들을 어렵게 재우고 겨우 숨을 돌릴 수 있는 밤이 되면, 제가 좋아하는 아로마 램프를 켜

두고 잠깐이나마 멍때리곤 해요. 그러면서 3년 후를 상상해 보는 거죠. 애들이 어린이집에 가면 단 얼마간이라도 이 조용한 순간을 즐기며 아로마 램프 앞에서 향 좋은 커피를 느긋하게 마시고 있는 저를요. 그럼, 뭐랄까요, 서럽고 힘들고 외로운 마음이 조금이나마 달래지더라고요."

그러니 우리는 각자, 부지런히, 더 너저분해질 일입니다. 여기저기 곳곳에 작은 낙들을 흩뿌려 놓을 일입니다. 그래서 그것들이 내 삶 구석구석, 손끝 발끝 지척에서 걸리적거리는 통에 내 기분이 나락일 때도 쉬이 건져 올릴 수 있도록, 그리하여 내가 좀 더 활짝 웃을 수 있도록 말입니다. 내 뇌를 더 잘 속일 수 있게 말입니다. 웃으면 정말로 복이 온다니까요.

우리는
여전히 사랑스럽습니다

'타인자비', 나를 더 아끼는 방법

어린 시절 경험에 뿌리 박혀 있는 부모에 대한 원망은 세월이 아무리 지나더라도 쉬이 사라지지 않습니다. 최근 상담실에서 만난 30대 중반 여성 M도 그런 경우였지요.

M의 오빠는 발달 장애를 가지고 있었습니다. 그렇다 보니 M은 제대로 된 엄마의 사랑을 받았던 기억이 없었어요. 오빠를 우선 챙겨야 하니 M은 늘 뒷전이었고, '네가 참아야지'라거나 '네가 알아서 해야지'라는 말을 듣고 자랐습니다. M의 기억 속에서 엄마는 늘 오빠 뒤를 쫓아다니며 분주하거나 피곤한 표정으로 M을 못마땅해하는 모습이었지요. 오

빠로 인해 생기는 긴장과 불안, 그리고 스스로 뭐든 알아서 잘해야 한다는 부담감에 늘 집이 편치 않았던 M은 20대 후반 결혼으로 자신의 가정을 꾸리고 아이들을 키우면서 해방감을 만끽하기도 했습니다.

문제는 최근 엄마가 수술을 하게 되면서 오빠를 당분간 돌봐달라는 부탁에 M이 짜증 섞인 반응을 하면서 시작됐습니다. 감정이 오가는 대화 끝에 M의 엄마는 "냉정하고 정 없는 년, 이제 연락도 하지 마!"라며 일방적으로 전화를 끊어버리기까지 하셨죠. 그날 이후 M은 화가 나고 억울한 마음에 밤잠을 설치기에 이르렀습니다. '엄마가 나를 그렇게 평가할 자격이 있는가'라는 생각은 M을 더 화나게 했고, 어린 시절부터 냉정했던 엄마의 눈치를 보며 항상 잘하려고 애썼던 자신이 못내 불쌍하기까지 했습니다.

몇 차례 지속되던 M과의 상담은 쉽게 전환의 무드로 옮겨지지 않았습니다. M은 상담 때마다 엄마에 대한 화와 원망을 쏟아냈습니다. 시간이 좀 걸릴 수 있으니 M의 감정이 충분히 표출되도록 잘 버텨주자는 쪽으로 마음을 다잡고 있을 때였지요. 그런데 생각지도 않은 사건에서 M의 전환이 이뤄졌습니다. 초등학교 2학년이 된 M의 막내딸이 다니는 학교 선생님에게서 연락이 오고 나서였습니다. 딸이 ADHD(주의력결핍과다행동장애)가 아닌지 의심된다는 거였습니다.

다행히 진단 결과 ADHD는 아니었지만, M은 병원을 알아보고 검사를 하며 결과를 듣기까지의 그 며칠이 아주 지옥 같았다고 했습니다. 이 며칠간 첫째 아들은 뒷전이 되었다고도 고백하더군요. 그러면서 M은 엄마에 대한 다른 감정을 이야기하기 시작했습니다. 엄마도 참 힘들었겠다는 공감, 그때의 엄마로선 어쩔 수 없었겠다는 이해, 평생 긴장과 불안을 놓지 못했을 엄마가 불쌍하다는 연민 등을 말이에요.

M의 이런 마음은 '타인자비compassion', 즉 고통받는 타인을 외면하지 않고 따뜻한 자세로 그 사람의 고통이 줄어들기를 바라는 마음이자, 그 사람의 실패를 비난하지 않고 받아들이는 마음에 해당합니다. 이러한 타인자비는 다시 자기에게로 이어져 스트레스나 우울 등 부정정서는 완화되고, 용서와 감사, 경외감과 같은 긍정정서는 높아지는 효과가 있지요.[11]

M 역시 엄마에 대한 타인 자비를 갖게 되면서 어린 시절의 퍼즐을 다시 맞출 수 있었습니다. M은 엄마가 어떻게든 와주었던 여러 행사들, 다른 사람 앞에서 M을 칭찬하며

자랑스러워했던 엄마의 표정들을 떠올리게 됐습니다. 이러한 과정은 M의 어린 시절을 따뜻하게 기억할 수 있게 했고, '늘 뒷전이었던 아이'에서 '사랑받았던 아이'로 스스로를 재정의하게 도와주었습니다. M은 한결 가벼운 마음으로 엄마에게 먼저 연락을 할 수 있게 됐다며 상담실을 떠나갔습니다.

저에게도 그런 엄마가 있습니다. 이제 아주 조금은 타인 자비의 마음으로 바라볼 수 있게 된 엄마입니다. 스물여섯 살에 결혼해 위로 언니 둘, 오빠 하나를 출산한 엄마가 막내인 저를 낳으신 나이는 서른네 살이었습니다. 그러니까 엄마 나이가 마흔다섯 살이 되는 그때로 계산해 보면 전 초등학교 5학년쯤이 되겠네요. 정확하게 기억나는 건 아니지만, 그즈음의 파편들을 모아 보면 엄마는 지극히도 저를 사랑하셨고 꽤 무서웠습니다.

당시 생각나는 에피소드 하나가 있습니다. 어느 날 동전 몇 개를 용돈으로 주시며 바로 위 언니랑 나눠 쓰라고 했던 그날, 피아노 학원을 다녀오던 저는 그 동전 몇 개를 집 오는 길 뽑기 가게에서 탕진하고 말았습니다. 우씨, 한 번만 더 하면 커다란 잉어를 받을 수 있을 것 같았는데 말이죠.

허탈함과 묘한 불안을 안고 들어온 그날, 현관 앞에서 저는 오랜 시간 동안 집 안으로 들어가지 못했습니다. 그곳에 세워진 채 엄마에게 잔뜩 혼났기 때문이죠. 엄마는 그 돈을 왜 언니랑 나누지 않고 혼자 다 썼냐며 저를 나무랐습니다. 백번 천번 맞는 말이었지만, 어린 저로선 현관문에 죄인처럼 서서 추궁당하는 그 순간이 어찌나 싫었던지요. 그깟 백 원짜리 몇 개 썼기로서니 이렇게 면박을 주나 싶었습니다. 어린 나이에도 너무나 수치스러워 잘못했단 말도 못 하고 눈물만 흘렸던 기억이 납니다. 근데 이것도 지금 기억이 소환한 것이고, 그땐 그냥 어쩔 줄 몰라 눈물만 흘렸겠지요. 그리고 그럴 때마다 단골처럼 등장하는 말. "네가 뭘 잘했다고 울어!"

세상 어머니들이여, 우는 아이에게 이 말만은 절대 하지 말아주세요. 잘해서 우는 게 아닙니다. 그냥 어쩔 줄 몰라서 우는 겁니다. 잘못은 한 것 같지만 다 인정하자니 괜스레 억울하고, 엄마가 무섭기도 하고, 언제 이 상황이 끝나나 두렵기도 하고, 그러면서 아이는 껑충 생각하는 거죠. '무슨 엄마가 저래, 저렇게 화나 내고. 엄마는 엄마고, 엄마는 어른인데!'

그런 엄마의 사랑과 화를 먹고 저는 훌쩍훌쩍 컸습니다.

어느새 엄마 품을 떠나 친구로, 술로, 연애로, 사회로 나아갔지요. 저는 30대의 시작을 상담자가 되겠노라고 다짐하며 대학원에서 맞이했습니다. 당시 제가 다니던 대학원은 학업은 전공 지도교수님이, 인턴 수련은 상담센터 수석연구원 선생님이 담당하시는 구조였습니다. 수업을 제외하고는 거의 모든 시간을 센터에서 보내야 하는 수련생에게 수련 전반을 총괄하는 수석연구원 선생님은 존재 그 자체로도 묵직함이 컸습니다. 더욱이 그분은 늘 자신 있는 태도에 카리스마가 엄청났죠. 그러니 그분에 대한 선망과 존경이라는 게, 이제 갓 상담자 걸음마를 뗀 저에게 얼마나 컸겠습니까. 그 선생님을 롤모델로 점 찍고 흠모하던 그날들. 그때 그 선생님의 연배가 딱 마흔다섯 살 즈음이었던 것 같습니다.

세월은 쏜살같이 흘러 올해 제가 딱 그 나이가 됐습니다. 그렇다면 저는 어른이 됐고 화도 안 내고 있을까요? 웬걸, 전혀요. 인턴 때 만났던 선생님처럼 카리스마 가득한 누군가의 롤모델이 되어 있을까요? 아이고, 전혀요.

마흔다섯 살의 저는 여전히 어리고 감정적이며 서툽니다. 여전히 모르는 것들 투성이고, 삶은 더 어렵게 느껴집니다. 여전히 엄마를 사랑하고 무서워하고 저보다 나은 여러 사람을 흠모하고 질투합니다. 지금의 저는 초딩 꼬맹이 때나 사회초년생 때와 별반 다르지 않습니다. 치사하게 남 욕도 하고 비겁하게 남 탓도 하며 식탐의 노예인 스스로를 한심해하면서 작심삼일을 일삼기 바쁩니다.

그래서인지 요새 부쩍 그 시절의 엄마도, 선생님도 떠오릅니다. 그때 엄마는 얼마나 어렸던가. 그때 선생님도 내가 모르는 서툰 점이 많았겠지. 그래서 때론 어린 내가 봐도 이해가 안 간 거겠지. 이렇게 연민이라면 연민을 가져보고, 이해라면 이해를 해 봅니다.

여전히 어리고 서툴지만, 그나마 조금은 나아진 게 있다면, '중심축'이 옮겨갔다는 겁니다. 이전에는 중심축이 '성취와 분리와 경계'에 있었다면, 이젠 '비움과 연민과 이해'라는 쪽으로 조금 이동했습니다. 그렇게 '타인자비'라는 것이 제 마음속에 조금씩 자라나기 시작한 거죠. 이리 적어놓고 보니 나쁘지 않네요

모든 중년들이여! 막상 이쯤 되고 나니, 엄청 대단할 것도 없지만 그렇게 나쁘진 않지요? 부모에게 자녀들이 어릴 적이나 머리 큰 지금이나 똑같이 사랑스럽기 그지없는 존재이듯, 우리 스스로도 자신을 사랑스럽게 봐주면 어떨까요. 스스로가 자신 없을 땐 슬쩍 고개 돌려 옆을 보기도 하면서

말이에요. 나를 아껴주는 가족, 친구, 신을 믿는다면 신, 때로 그도 멀게 느껴진다면 반려동물도 좋습니다. 성인의 애착 대상이란 각자가 다르고, 또 누구에게나 있기 마련이니까요. 찾아보고 알아채고 적정 수준에서 만족하는 것도 중요한 심리적 과제입니다. 그리고 잘 보면 이미 그들은 그런 연민과 이해, 자비의 마음으로 우릴 사랑스럽게 보아주고 있을 거예요.

오늘 더할 나위 없었습니다,
그러니 누리세요

내게 주는 선물, '주관적 만족감'

식탁 위에 꽃을 두기 시작했는데 기대 이상으로 보는 눈이 즐겁습니다. 식탁 너머 창문으로 들어오는 바람에 살랑이는 꽃잎들이 제법 예쁘고, 살짝 스치는 향기에 기분도 덩달아 좋아집니다. 주방 쪽에 별다른 장식품을 두지 않았는데 꽃 하나 두었다고 집안 분위기도 따스해지는 것이 인테리어 효과까지 얻은 셈입니다.

꽃을 두기 시작한 건 지난 봄부터였습니다. 매주 토요일이면 동네 어귀로 찾아오는 꽃 트럭 아저씨가 계시거든요. 무심히 지나치기만 하다가 어느 날 소국 한 다발을 사보았습니다. 안개꽃까지 덤으로 후하게 주시는 바람에 팔 가득한 아름이었지요. 그 꽃을 집에서 놀고 있던 꽃병에 담아 두고 매일 물 한 번씩 갈아주기만 했을 뿐인데 일주일은 거뜬히 가더라고요. 그렇게 알게 된 겁니다. 집안에 꽃을 두는 즐거움을요. 단돈 만 원 들었습니다.

가만 생각해 보니 이렇게 만 원으로 살 수 있는 즐거움이 제법 있더라고요. 방구석 꼼지락 요가를 할 때 손목과 귓등에 살짝 바르면 기분 좋은 향이 나는 오렌지향 아로마 오일, 으깬 감자가 통으로 들어가 보슬보슬 씹히는 맛이 일품인 감자빵, 지금 쓰는 것과는 향과 질감이 전혀 다른 핸드크림, 가격 대비 양이 너무 적어 괘씸죄까지 들먹이며 평소엔 잘 먹지 않는 동네 디저트 맛집의 작은 케이크…… 이 모두가 딱 만 원이면 살 수 있는 것들입니다. 제가 짬짬이 누리는 즐거움들이죠.

혹시 기억나시는 분 계신가요? 2000년대 초반, 유명 스타들이 만 원짜리 지폐 한 장으로 살아가는 일상을 가감 없이 보여주며 인기를 끌었던 <만 원의 행복>이란 예능 프로그램이 있었잖아요. 그 프로그램처럼 스스로에게 보상이 필요한 날, 셀프로 '만 원의 행복'을 진행하곤 합니다. 회사에서 며칠 동안 전념한 일을 잘 마무리한 날, 몇 달 동안 작업한 논문의 게재 가능 통보를 받은 날, 제법 열심히 운동을 한 주의 금요일, 종일 부모님의 운전기사 노릇을 한 주말 밤, 애쓴 일의 결과가 기대에는 못 미쳤지만 내 노력은 어떻게든 인정해 주고 싶은 날, 어쩐지 울적하지만 내일을 위해 힘을 내보고 싶은 날 등등…….

'주관적 만족감subjective satisfaction'이라는 게 있습니다. 개인이 자신의 삶에 대해 느끼는 긍정적 감정 상태를 뜻하죠. 윤태호 작가의 웹툰을 원작으로 한 <미생>이란 드라마가 있습니다. '장그래'라는 계약직 신입사원을 둘러싼 직장인들의 사회생활 분투기를 잘 그려내 많은 사람들에게 인기를 얻었죠. 저 역시 열심히 봤던 드라마로, 아직도 마지막 회가 기억에 남아요. 장그래가 결국 계약 연장이 되지 않아 회사를 떠나는 날, 그의 멘토이자 상사인 '오상식 차장'은 카드를 하나 건넵니다. 그 카드에는 이렇게 적혀있어요. "장그래, 더할 나위 없었다. YES!"라고요. 그 한 문장에 장그래는 아주 큰 위로를 얻고 다시 사회에 나설 힘을 얻게 되죠.

'더할 나위 없다'는 사전적인 의미로 '아주 좋거나 완전하여 그 이상 더 말할 것이 없다'라는 뜻인데요, 주관적 만족감은 바로 이 더할 나위 없는 감정을 스스로에게서 느끼는 거라고 보면 될 거 같습니다. 그러니까 지금의 내가, 전반적인 내 인생이, '이 정도면 됐다' 싶게 제법 만족스러운 거예요.

그런데 전, 이 주관적 만족감은 의도적으로, 의식적으로, 그리고 적극적으로 '만들어내야 한다'고 생각하는 사람입니다. 이 만족감은 열심히 살다 보면 저절로 따라오는 감정일 수도 있지만, 이 정도 살아온 우리는 알잖아요, 열심히 사는 것과는 무관하게 많은 일들이 생기고 좌절과 절망감을 느끼는 것 또한 인생이라는 것을요. 그러니까 주관적 만족감을 일부러라도 스스로에게 선물하고, 그 힘으로 인생과 다시 마주하는 게 중요하단 것이죠.

다행스러운 건, 말 그대로 '주관적'이라는 겁니다. 객관적인 어떤 기준도 없고 비교할 대상도 없습니다. 그저 내가 원하는 것을, 제때, 정확히 해주면 됩니다. 타인 어느 누구도 그렇게 해줄 수는 없으니 나야말로 적임자가 됩니다. 제가 하는 것처럼 큰돈 들일 필요도 없이 만 원이면 충분해요. 그래서 전 상담실에서 만나는 여러분 중 중년 이상, 특히 이제껏 가족이나 회사를 위해 희생과 헌신을 해오며 정작 자기 자신을 위해서는 돈 한 푼 허투루 쓰지 않고 오히려 인색하게 대해오신 분들께 '만 원의 행복'을 권하곤 합니다.

50대 남성 M 부장님도 이런 경우였죠. 30년 가까이 묵묵히 일만 열심히 해왔을 뿐인데, 남는 건 저만치 앞서가는 후배 상사와 정년퇴직의 압박, 훌쩍 커버려 떠난 자식들, 그리고 여기저기 안 아픈 데가 없는 몸입니다. 그날, 나이 어린 상사로부터 자존심 상하는 이야기를 잔뜩 들어 상처받은 M 부장님과의 상담을 마치며 넌지시 말씀드렸습니다.

"부장님, 오늘은 야근하지 말고 칼퇴근하세요. 그리고 댁에 가는 길에 있는 가장 좋아 보이는 카페에 들러서는 제일 비싼 커피 한잔 사드세요. 흘러나오는 음악도 들으며 마음 편히 쉬다가 집에 가세요. 오늘 하루 애 많이 쓰셨잖아요. 그러니 그 정도 호사는 누리실 만해요. 그래 봤자 만 원이에요. 좋아하시는 커피 한잔, 제일 고급스러운 걸로 자신에게 선물해 주세요. 오늘 부장님은 더할 나위 없으셨으니 만 원의 행복을 누려주세요."

오늘 여러분의 하루는 어떠셨나요? 오늘도 애 많이 쓰셨어요. 그러니 누려주세요, 만 원의 행복을요.

뭐라도
꼼지락대며 해봅니다

'시간 가용성'을 더 높이는 방법

언제부터인가 상담 시간에 많이 하게 되는 이야기가 있습니다. '기분(혹은 감정)' 그리고 '시간'입니다.

여기, 회사에서 밀리다 못해 퇴사까지 생각해야 하는 상황에 몰리게 되어 우울한 남자가 있습니다. 연이은 주식 실패에 아내와의 갈등이 심해져 이혼 위기에 처한 남자도 있고요. 건강검진 후 조직검사를 추가로 하게 되어 암일지도 모른단 불안에 압도당한 여자, 금이야 옥이야 키운 자식이 고등학생이 되면서 공부는커녕 사사건건 엇나가더니 급기야는 학교 폭력 사건에 휩싸여 힘든 여자도 있습니다.

그들은 마음이 너무 아픕니다. 속상하고 화나며 억울합니다. 만사에 무기력하고요. 잠을 설치기 일쑤요 밥맛을 잃은 지도 오래지요. 축 처진 기분에 뭘 해도 즐겁지 않고 불쑥 짜증이, 울컥 눈물이, 화르르 불안이 올라옵니다. 그렇게 며칠을, 혹은 몇 주를 참고 참다 도저히 안 되겠다 싶어 지푸라기라도 잡는 기분으로 상담실을 찾은 거예요. 그렇게 만났습니다, 우리들은.

전 그렇게 마음 아픈 그들이 털어놓는 이야기들을 듣는 일을 합니다. 최대한 천천히 그리고 집중해서 들어요. 그렇게 한차례 마음을 꺼내 놓은 그들이 약간의 숨을 고를 때, 혹은 용기 내어 속마음을 꺼내 놓은 뒤 찾아오는 약간의 수치심과 민망함을 견디며 살짝 멍때릴 때, 조용히 이야기해 드리곤 해요.

"힘드시죠, 그럴 만해요. 그래도 지금 그렇게 버티고 있는 게 참 대단하세요."

그리고 더 깊이 오가는 이야기들. 어느새 마무리할 시간이 되면 마지막 5분을 남겨두고 저는 슬쩍 말을 꺼내 봅니다.

"지금도, 저 상담실 문을 열고 나가신 뒤에도 ○○씨의 시간은 흘러 갑니다. 그 시간은 누구도 ○○씨 대신 보낼 수가 없습니다. 다음 주 우리가 다시 만날 때까지 한 주를 어떻게 보내는 게 ○○씨가 덜 힘들까요? 그 시간을 어떻게 보낸다면 우리가 더 나은 기분으로 만날 수 있을까요?"

뾰족한 수가 당장 생각나진 않지만, 잔뜩 처진 기분에 머리가 잘 돌아가지 않지만, 대부분 이 질문에 귀를 기울이고 최선을 다해 생각합니다. 그리곤 이렇게 답하세요.

"밥 세 끼는 챙겨 먹어봐야겠어요."

"아내랑 저녁 먹고 십 분이라도 산책해 볼게요."

"너무 걱정되어서 못 견딜 정도가 되면 전화드릴게요."

참으로 용기 있고 귀하지요. 그래서 애틋하기도 하고요.

세상에 시간이란 놈만큼 냉정한 것이 있을까요? 나이가 들수록 전 그놈의 냉정함을 더욱 느끼곤 합니다. 우리 상태에는 눈길조차 주지 않고, 우리의 바람 따윈 아랑곳하지 않고 우리를 그냥 투과해 버리는 시간. 시간은 네가 어떻게 보내느냐는 내 알 바 아니라며 쌀쌀맞고 도도하게 휑하니 지나가 버립니다. 그러니 아무리 힘들어도, 괴로워 미치겠어도, 시간이란 놈에게 지지 않을 방도를 찾아야 합니다. 시간이란 놈이 우리에게 안겨주는 허무를 조금이라도 줄이기 위해서요.

'시간 가용성time affluence'은 생활 속에서 자신이 스스로 계획하고 이용할 수 있는 시간이 얼마나 풍부하다고 느끼는지를 아는 것을 의미합니다. 자신이 사용할 수 있는 시간이 있다고 느낄수록 조급함은 줄어들고 주관적 안녕감, 즉 행복감은 높아집니다. 그래서 힘들 때일수록 조금이라도, 무엇이라도 꼼지락대야 하는 겁니다. 그래야 하는 이유는 간단합니다. 가만히 있어도 시간은 흘러가기에, 그 시간을 조금이라도 내 것으로 만들 때 내 기분이 조금은 나아지기에 그렇답니다. 그 나아진 기분에서부터 무언가를 다시 할 힘이 생기기에 더더욱 그렇답니다.

어떠세요, 여러분이 오늘 밤 침대에 누워 하루를 돌아봤을 때 '그래도 오늘 하루 괜찮았지'라고 말하며 단잠에 빠질 수 있으려면 말이에요. 앞으로 남은 시간을 어떻게 보내면 되시겠어요? 흠, 습관적으로 해온 연예인들 SNS 염탐을 10분이라도 줄여볼까요? 아니면 귀찮아서 차일피일 미뤄왔던 겨울 코트의 단추 꿰매는 5분을 내어볼까요?

얄미운 시간이란 놈, 우리 잘 잡아봐요. 그리고 잠깐이라도 이겨보자고요.

3장

관계, 조금은 느슨한 게 좋아요

계획도 실행도 무리하지 않는 선에서

'한계 설정의 법칙'에 관하여

저는 올해 마흔다섯 살이 되었습니다. 어쩐지 중년의 표상이라고 느껴지는 숫자 45. 마흔다섯 살이 되었지만 삶이 이렇게 달라졌노라 하고 자신 있게 말할 수 있는 건 별로 없습니다. 인생사에 대한 통찰력이 더 생긴 것도 아니고, 타인에 대한 관대함이 더 생긴 것도 아니고, 재산이 부쩍 늘어난 것도 아니고, 사회적 위치가 올라갔거나 전문성이 더 커진 것도 아닙니다. 그냥 몸뚱아리가 좀 더 비루해졌다는 것뿐, 여전히 삶은 어렵고 저는 고만고만합니다.

그럼에도 하나 달라졌다고 분명히 느끼는 건-시시하게

들리실지 모르겠지만-매사에 '무리하지 않는다'는 것입니다. 이를테면 이런 겁니다. 예전엔 1박 2일 여행의 이튿날도 이런저런 일정으로 꽉 채웠다면, 이젠 귀가 후 되도록 충분한 휴식 시간을 확보하려고 합니다. 주말에 운전을 많이 했다면 돌아오는 주 초반엔 상담 일정을 너무 많이 잡지 않습니다. 어쩐지 탈이 날 것 같다 싶으면 만사 제치고 일찍 퇴근해 일단 잘 챙겨 먹고 몸을 따뜻하게 한 뒤 잠자리에 듭니다. 맞습니다. 무리하지 않는다는 건 한마디로 '몸을 사린다'는 것입니다.

마음이라고 예외가 아닙니다. 그러니까 마음도 사린다고 해야 할까요. 거동 불편한 부모님이 오랜만에 나들이를 가고 싶다며 운전을 부탁해 와도 컨디션이 별로다 싶음 슬쩍 한 주를 미룹니다. 먼 타지에서 온 친구라도 잘 따져가며 볼 날을 맞춰보지, 내 사정 다 제쳐두고 버선발로 뛰어나가진 않습니다. 직장 동료의 부탁에 어쩐지 주저되는 마음이 앞선다면 잠깐 그 마음을 살피다가, 여전히 안 되겠다 싶음 정중히 사과하며 거절합니다.

그렇게 살짝 비겁하다면 비겁해집니다. 아니 좋게 말해 아끼는 거죠. 정말 필요할 때 크게 마음 쓰기 위해, 잠시의 비겁함을 웃옷 삼아 두르는 거랄까요. 그래야 부모님의 운전기사 노릇을 기꺼이 할 수 있습니다. 친구를 데리고 갈 맛집을 알아보고 작은 선물도 하나 준비할 수 있고요, 동료가 난처할 때 먼저 다가가 손 내밀어줄 수 있습니다. 그렇게 몸 사리며 아껴둔 마음으로 말이죠. 그러고 보니 '사리다'라는 말이 '어떠한 일에 적극적으로 임하지 않고 살살 피하며 아낀다'의 뜻이 있다고 하니, 영 틀린 말은 아닌 듯싶어요.

마흔다섯 나이쯤 되면 어떻게 살아야 좋은 것일까. 이렇게 고민하면서 남들은 어떻게 지내나 궁금하신 분들께 일단 '무리하지 않는 것부터 시작하라'고 말씀드리고 싶습니다. 여기엔 계획도, 실행도 모두 포함됩니다. 일이나 가정, 공적인 일이나 사적인 일, 하다못해 먹고 노는 것까지 모두 다 해서요. 이쯤 되면 '그래도 그렇지, 의리가 있는데'라거나 '내가 너무 이기적이지 않나?' 하고 느낄 수도 있을 것 같아요. '사람들이 서운해하지 않을까? 사실 내가 조금만 무리하면 되는 것을' 하고 생각하실 수도 있겠고요. 그럴 땐 잠시 이걸 생각해 보면 어떨까요? 이제껏 무리하는 바람에 다쳤거나 다치게 했던 일들을, 사람을, 몸을, 마음을 말이에요. 무리해 몸을 혹사하곤 아파서 며칠이나 더 힘들었던 적은 없으셨나요? 무리해서 내가 더 손해 보는 결정을 해 놓고는 정작 내가 힘들어지니 괜히 누구 탓을 한 적은 없으셨나요?

20대 대학생 B가 그런 경우였어요. 친구 좋아하고 뭐든 퍼 주길 좋아하는 B는 며칠 전 친구 C가 이삿짐 정리를 좀 도와달라는 부탁에 전공 수업과 저녁 가족 모임까지 빼가며 운전기사에 짐꾼, 청소부 노릇까지 마다하지 않았더랬죠. 그로부터 며칠 뒤, B는 엄마와 크게 다툰 뒤 C에게 전화를 걸었습니다. 본격적으로 막 하소연을 늘어놓으려는 찰나, B에게 돌아온 건 "B야, 얘기가 길어질 거 같네. 미안하지만 내가 지금 남자 친구랑 같이 있거든. 우리 내일 만나서 얘기하자"라는 말과 함께 뚝 끊어진 차가운 무음뿐이었습니다. 그때부터 B는 C가 서운하고 미워지기 시작했습니다. 그리고 생각은 꼬리에 꼬리를 물어 C뿐 아니라 평소 자기만큼 자신을 생각해 주는 거 같지 않은 친구들 한 명 한 명이 떠오르면서 모두가 미워지기 시작했습니다. 그렇지만 이제 와서 그 얘길 하자니 치사한 자신이 너무 싫어져, 울적한 마음을 안고 상담실 문을 두드리게 된 것이었죠.

예상하셨겠지만, B는 누구보다 정이 많고 착한 사람이에요. 그러나 그녀는 한 가지 중요한 걸 놓쳤습니다. 바로 '한계 설정'입니다. 운전으로 치자면 안전거리 이상으로 앞차에 바짝 붙는 경우죠. 앞차가 신호를 받고 주행을 멈췄을 때, 자기 혼자 깜짝 놀라 급브레이크를 밟고 아이쿠 하며 심장을 쓸어내린 뒤 앞차에 괜히 원망을 보내는 거죠. 안전거리 확보가 안전 운전의 첫걸음이듯, 한계 설정은 책임 있는 관계 맺음의 첫걸음입니다. B는 C의 기쁨을 바라며 자신을 희생했다 여기지만 그것은 어디까지나 자신의 결정이었습니다. 그 결정의 결과를 어디까지 감당할 것인지는 B의 몫이지, C가 져야 할 일이 아닙니다. B처럼 C도 자기 시간과 감정을 친구를 위해 내어주길 바라는 것은 B의 권한 밖이죠. 자신처럼 C도 그래야 하는 법은 없습니다. 그러니 B가 충분히 서운할 수는 있지만, 그렇다고 C도 자신처럼 행동해 주길 바라는 마음까지 정당하지는 않은 거죠. 이제 B는 관계에서 감당 가능한 자신의 안전거리를 재검토할 때가 된 겁니다.

한계 설정은 저 같은 상담 전문가들에게도 중요한 과제입니다. 얼마나 중요하면 상담자들의 윤리강령에 한계 설정이 명기되어 있을까요. 자신이 감당하기 어려운 내담자를 만났을 때 상담자는 자신의 한계를 인식하고 그 내담자를 더 잘 도와줄 수 있는 관계로 안내해 줘야 합니다. 전문가와 비전문가를 가늠하는 기준은, 어찌 보면 자신의 한계를 얼마나 명확히 알고 인정하고 적절하게 행동하느냐에 있다 해도 과언이 아닙니다.

따라서 사람들과의 관계 속에서 크게 상처받지 않고 만족감을 유지하려면 한계 설정부터 제대로 해야 합니다. 그렇지 않으면 B처럼 퍼주고 서운해지는 일을 반복하다 지쳐, 관계 자체에 대한 깊은 회의감이나 사람에 대한 미움, 더 나아가 자기 자신에 대한 실망만 키울 수도 있습니다. 그러니 가뜩이나 신체적 한계가 있는 중년이 심리적 한계 설정마저 제대로 못 하면 어떻게 될까요? 당연히 아플 수밖에 없겠죠. 몸이든 마음이든 아니면 둘 다든.

결국 무리하지 않는다는 것은 내 몸과 마음의 사이즈를 정확하게 알고 그 정도를 벗어나지 않는다는 것과 같습니다. 센 사람이 아닌데 센 척한다거나 큰 사람이 아닌데 큰 척하지 않는 것과 같아요. 약하면 약한 대로, 작으면 작은 대로 나의 사이즈를 제대로 알고 인정해 주며 그 정도에서 할 수 있는 만큼을 예쁘게 하면 됩니다. 이는 결과를 감당할 수 있을 만큼의 안전거리를 적절히 확보한다는 뜻입니다. '무리하다'라는 말이 '도리나 이치에 어긋나 있거나 정도가 지나치게 심하다'의 뜻이 있다고 하니, 이 역시 영 틀린 말은 아니지요?

다행인 건, 그걸 같이 나이 들어가는 사람 혹은 먼저 나이가 들어간 이들은 이해한다는 것입니다. 서로가 몸 사리는 서로에게 서운해하지도 않고, 비겁하게 여기지도 않죠. 무리하면 그게 부메랑이 되어 어느 쪽에서건 아픔이 생기는 걸 알고 있고 또 공감하기 때문입니다. 그래서 인사를 건네듯 자연스럽게, 그리고 진심 어리게 이렇게 말하는 겁니다. "너무 무리하진 말고."

그러니 우리, 오늘도 너무 무리하지 말아요. 몸 사리고 마음 사려요. 그렇게 아껴뒀다 필요할 때 세게, 크게 쓸 수 있도록 말이에요.

어두운 터널을 견디게 하는 누군가의 따뜻한 목소리

'연대감'이라는 다정한 손길과 위로

40대를 잦은 속앓이로 시작해 '아, 이게 말로만 듣던 마흔앓이인가?' 싶게 몇 년간 고생을 하다 이제 좀 괜찮아지나 싶더니, 작년에 불쑥 찾아와 절 괴롭힌 게 있었으니 다름 아닌 이석증입니다. 여느 때처럼 새벽녘 침대에서 일어나는데 세상이 빙빙 돌아 그대로 주저앉았던 첫 기억이 아직도 생생합니다. 그때 느낀 공포감이란 정말 어찌나 크던지요.

이석증은 '주변이 빙글빙글 도는 듯한 심한 어지럼이 수초에서 1분 정도 지속되다가 저절로 좋아지는 일이 반복되는 증상'입니다. 이게 고약한 점이 있는데 첫째, 겉으로는 멀쩡해 보인다는 것이고 둘째, 재발이 잦다는 것이고 셋째는 딱히 이렇다 할 원인도, 치료 방법도 없다는 것이에요. 그렇다 보니 이석증이 낯선 분들이라면 한번 상상해 보세요. 외견상 아무렇지도 않아 보이는 누군가가 저 혼자 묘하게 기분 나쁜 멀미 같은 증상을 느끼면서 언제 또 세상이 휙 돌까 무서워 잔뜩 위축되어 지내는 모습을 말입니다.

대표적인 치료법으로 이석치환술이란 게 있긴 하더라고요. 귓속 깊은 곳에 있어야 할 이석이란 놈이 다른 데로 흘러 다니며 어지럼증을 유발하는 것이니, 고개의 위치를 바꿔가며 이놈을 다시 제 집으로 돌려보내는 것이랍니다. 그래서 증상이 있을 때 이비인후과에 가면 의사가 대체로 이 치환술을 해줍니다. 그럼 다시 멀쩡해져서(겉으로만 그렇습니다. 속은 멀미의 여진으로 계속 편치 않고 기분이 나빠요) 귀가하는 경우가 많다고 해요. 그런데 문제는, 앞에서도 말했듯 이게 불쑥 재발한다는 겁니다. 또 그걸 막을 만한 뾰족한 수가 딱히 없다는 거죠. 스트레스 관리, 고개 젖힘 같은 자세 주의, 비타민D 섭취, 자극적인 음식과 커피 피하기 등이 할 수 있는 것들인데, 뭐 보시다시피 이것들은 그 어느 병에 갖다 대도(아니, 평소에도 기본적으로) 똑같이 해야 할 것들입니다.

그렇다 보니 건강 관리를 위해 시작한 요가도 이제 못 할

짓이 되어버렸습니다. 요가는 전굴, 좌굴, 삼각자세 등과 같이 몸을 기울이거나 고개를 젖히는 동작들이 많다 보니 이석증에 상당히 좋지 않다는 얘기들이 지배적이었기 때문이죠. 저 역시 이석증이 처음 생겼다 사라졌을 땐 별생각 없이 평소처럼 스트레칭 삼아 간단한 요가를 하다가 이내 쓰러지는 경험을 했습니다.

그만큼 요가를 건강 관리 차원에서 하는 것만이 아니라, 온전히 저에게만 집중하는 일종의 치유의 시간으로 여기며 좋아했던 터라 그걸 못 한다는 낭패감이 참 컸습니다. 기분 나쁘게 스멀스멀 나타났다 사라지는 그 증상을 견디면서 혹시 '지난번처럼 또 쓰러지는 거 아니야?'라는 걱정으로 매일 아침 침대에서 일어나야 하는 생활은 생각보다 불안함이 컸습니다. 결국 저는 두 번의 재발 뒤에는 꽤 울적해졌습니다. '왜 이런 일이 나한테?'라는 억울한 마음에 속상하고 짜증도 났어요. '이걸 계속 달고 살아야 한단 말이야?'라는 생각에 위축되고 외롭기까지 하더라고요. 지금 생각해 보면 좀 과했다 여겨지지만 그땐 별수 없이 딱 그랬습니다.

그런데 저를 편안하게 해 준 치료제는 의외의 곳에서 나타났습니다. 유명한 의사가 처방해 주는 약도, 어디 어디에 좋다는 건강보조식품도 아니었어요. 그건 바로 저를 진심으로 걱정해 주던 동료 선생님의 따뜻한 손과 저를 위해 기도해 주는 마음이었습니다. 그날 작은 회의실에서 마주한 동료 선생님은 저의 이석증 얘기에 많이 안타까워했고, 괜찮다면 기도해 주고 싶다며 저의 허락을 구해왔습니다. 사실 종교가 없는 저는 조금 부담스럽기도 했지만, 또 한편으론 그분 입장에서도 용기 내셨을 테니, 그 마음이 너무 고마워서 기꺼이 그러자고 했습니다. 그리고 맞잡은 손을 타고 전해오는 살짝 떨리는 목소리의 기도문……은 솔직히 하나도 기억나지 않습니다(죄송합니다, 하하). 하지만 아직도 너무나도 기억나는 게 있습니다. 몸으로 체험할 수 있었거든요. 한 평이나 될까 말까 한 그 작은 회의실을 가득 채운 따뜻한 온기와 그 온기를 타고 저를 감싸던 커다란 위로 말입니다.

그 뒤로 지금까지 이석증이 재발한 적은 없습니다. 저도 압니다. 꼭 그것 때문이 아니란 것을요. 그리고 언제든 다시 나타날 수 있다는 것도요. 하지만 그런 것보다 더 중요한 것이 생겼습니다. 위축되어만 있던 제 마음이 온기와 위로로 가득 채워지면서 제가 느끼던 불안감은 덤덤함, 조금 더 나아가 대범함으로 바뀌었거든요. '또 걸린들 어쩌겠어, 뭐 죽을병은 아니잖아? 이러다 지나가겠지. 그냥 내가 할 수 있는 것은 하며 지내자, 커피는 디카페인으로 먹고 요가 대신 걷기 운동해 보지 뭐.' 하며 잔뜩 졸아있던 마음이 살짝 커진 겁니다.

우린 살면서 크고 작은 어려움과 자주 마주합니다. 저는 이런 상황을 '인생의 터널'에 비유하곤 해요. 운전을 하다 보면 마주치지 않던가요, 어두컴컴하고 답답한 터널들을요. 대체 언제 끝나나 싶은 긴 터널도 있고, 짧긴 한데 나타나기를 반복하는 터널도 있습니다. 어쨌든 빨리 지나가 버리고 싶은 것만은 분명한데 그런 마음과 달리 우린 아직 터널 속에 있고 그 끝이 잘 보이지 않아 막막하기만 하죠. 그때 어떠셨나요? 혼자 운전할 때와 달리 누군가 조수석에 함께 있을 때 덜 무섭고 덜 지루하지 않으시던가요? 하다못해 라디오라도 틀고 누군가의 목소리와 함께 지나야 덜 외롭지 않으시던가요? 이게 소위 '연대감'의 힘입니다.

심리검사 중에 '자율성'과 '연대감'이라는 것을 측정하는 검사로 '기질 및 성격검사TCI · Temperament and Character Inventory'라는 것이 있습니다. 자율성은 쉽게 말해 'I'm OK'를, 연대감은 'You OK'를 확인합니다. 즉, 자율성은 '나도 이 정도면 제법 괜찮은 사람이야'라는 자기 믿음의 크기를, 연대감은 '저 정도면 저 사람도 썩 괜찮은 사람이지'라는 타인 믿음의 크기를 확인한다고 볼 수 있습니다.

지금 자신의 삶을 편안하고 만족스럽게 여기는 분들은 대체로 이 둘의 크기가 모두 큽니다. 그렇지 않고 어딘가 삐그덕대고 힘든 분들은 어느 한 쪽이 작거나 둘 다 잔뜩 쪼그라들어 있을 수도 있습니다. 예를 들어, 자율성은 높지만 연대감은 낮은 사람은 어떨까요? 자신은 괜찮지만 남들에 대한 평가나 수용은 인색하다 보니 독단적일 가능성이 높겠지요. 결과적으로 외롭습니다. 반대로 연대감은 높지만 자율성은 낮은 사람은 어떨까요? 자기는 별로인데 남들은 잘나고 옳은 거 같으니 그 사람들에게 맞추려 할 가능성이 높겠지요. 결과적으로 자신을 더 잃어갑니다. 그런데 둘 다 낮다면? 자기도 싫고 다른 사람들도 미우니 세상이 싫겠죠. 결과적으로 우울합니다.

이처럼 사람은 저 혼자 잘나서도, 남들만 좋아서도 행복할 수 없어요. 나도, 다른 사람들도 적당히 괜찮게 여겨지는 상태로 씨줄과 날줄처럼 얽혀 살아갈 수 있을 때 적당히 행복합니다. 그리고 이럴 때 자신이 가지고 있는 다정함과 너그러움으로 타인을 안아줄 수 있습니다. 거꾸로 타인이 주는 다정함과 너그러움으로 자신을 더 감싸줄 수도 있고요.

결국 건강한 자기self라는 것은 자율성과 연대감 모두 어느 정도 힘 있고 균형 있는 상태로 형성되어 있을 때 빛을 발하는 것입니다.

지금 내가 너무 힘들어 자율성이 떨어져 있다면? 사실 살면서 그럴 때가 제법 많죠. 혼자만의 힘으로 바닥에 떨어진 자율성을 힘껏 일으켜 세울 수도 있지만, 가뜩이나 힘이 없는 상태라면 그것만큼 힘든 것도, 어려운 것도 없습니다. 바로 그럴 때 연대감이 큰 힘이 됩니다. 나를 믿어주고 아껴주는 사람의 연대감이 있고, 나 역시 그에게 마음을 잇는 연대감이 있다면 좀 더 힘차게, 빠르게 다시 일어설 수 있습니다.

그러니 이석증 정도는 저리 가라 싶게 더 버라이어티하고 고단한 인생이라는 터널에서 우리를 지탱해 주는 건 사실 별거 아닙니다. 그저 연대감이란 이름을 가진 누군가의 따뜻한 손길과 그로부터 전해지는 진심 어린 위로일 뿐. 그런 존재 하나만 있어도 우린 그 터널을 지나갈 수 있습니다. 사람이면 가장 좋겠지만 꼭 아니어도 괜찮습니다. 어딜 가든 나만을 졸졸 쫓아다니는 반려동물도 좋고요, 그도 아니라면 날 따뜻하게 대해줄 비싼 음식점, 네일숍 등등 다 좋습니다. 그래야 좀 더 씩씩하게 그 터널을 지나갈 수 있습니다. 그리고 만나게 됩니다. 그 터널 끝에 환하게 펼쳐지는 밝은 풍경을.

참, 읽다 보니 혹시 난 어느 정도 크기의 자율성과 연대감을 가졌는지, 그래서 지금 건강하게 잘 살고 있는지 궁금한 마음이 드셨나요? 바로 이런 걸 확인하는 것이 이런 심리검사이고 심리상담이랍니다. 제 은사님은 심리상담이라고 하는 것을 결국 자신의 '꼬락서니'를 보는 거라고 정의하시곤 했어요. 꼬락서니, 사람의 모습이나 행색을 이르는 말이죠. 영어로는 'Shape'라고 합니다.

심리검사나 심리상담은 꼭 문제 있는 사람만 하는 거란 생각에 지금까진 엄두를 내지 못했다면, 궁금증이 생긴 김에 조금은 용기를 내보는 것도 좋겠습니다. 자신의 꼬락서니를 제대로 알아야, 자율성이란 날줄과 연대감이란 씨줄 중 어디를 좀 더 꿰매 더 예쁜 형태shape의 옷을 만들어갈지 알 수 있으니까요. 그러고 나면 여러분의 세상은 분명 더 자신 있고, 따뜻해질 것입니다.

여자들이 더 오래 사는 이유라면 이유

'사회적 유대감'으로 더 큰 행복 느끼기

보통 일주일에 두어 번은 운동 삼아 아파트 단지를 걷곤 합니다. 상쾌한 아침 바람, 시원한 밤바람을 맞으며 몇 바퀴 걷고 나면 기분도 좋아지고 요즘 말로 '오운완'(오늘의 운동 완료)을 외칠 수 있는 뿌듯함도 생기죠. 걷다 보면 운동을 하는 분들을 꽤 보게 됩니다. 대체로 생활 리듬이 비슷할 테니 운동도 비슷한 시간대에 많이 하는 거겠죠. 그때마다 전 '그래, 확실히 여자들이 오래 살 수밖에 없어!' 하고 확신의 고개를 끄덕거린답니다.

뜬금없이 무슨 소리냐고요? 평균 수명 얘기입니다. 여성이 남성보다 오래 사는 경향이 있다는 건 많이들 알고 계실 거 같아요. 보통 학계에서도, 남성의 평균 수명은 여성에 비해 7년 정도 짧다고 정리하고 있더라고요. 2023년에 여성가족부에서 발표한 <통계로 보는 남녀의 삶>이라는 자료를 보면 여성의 기대수명이 86.6년, 남성은 80.6년이라고 하니, 우리나라 역시 이런 추세에서 벗어나 있지 않다는 것을 확인할 수 있습니다.

여성의 평균 수명이 남성보다 긴 이유로 여러 가지가 제시되어 오고 있는데요. 주로 호르몬이나 염색체 등의 생물학적인 요인, 남성들에게서 더 높게 발견되는 흡연과 음주, 식습관과 같은 생활 습관 문제, 아파도 치료받으려는 의도가 떨어지는 행동 패턴 등이 많이 거론되곤 합니다.

결국 여러 복합적인 요인들이 함께 작용하는 결과일 텐데, 여기에 전 하나를 더 넣고 싶단 생각이 들어요. 바로 '사회적 유대감'의 힘입니다.

'사회적 유대감social connectedness'이란 '사회 안에서 긴밀한 관계에 있다는 주관적 인식'을 의미합니다. 쉽게 말해 스스로 얼마나 다른 사람 또는 세상과 연결되어 있다고 느끼는가를 뜻하죠. '세상에 나 혼자뿐'이라고 느끼는 '사회적 고립감social isolation'과는 정반대의 개념이라고 볼 수 있습니다.

제 생각에 지금 40대 중반 이상의 연배에 해당되는 분들을 보면, 사회적 유대감은 확실히 여성이 좀 더 높은 거 같습니다. 하물며 제 남편도 "남자들끼리 무슨 영화를 봐." 하며 뜨악해 하거든요. 그런데 여자들은 여자들끼리도 잘 놀고 남자들과도 잘 놉니다(솔직히 여자끼리가 더 재밌기는 하죠, 하하). 앞서 말씀드린 걷기 운동하시는 분들 얘기를 한 것도 바로 이 때문인데요. 가만 보니 여성분일수록 둘이, 셋이 함께 걷는 경우가 훨씬 많더라는 거죠. 활발하게 서로 이야기를 나누면서요. 반면 남성들은 (부부이거나 가족이 아니고서야) 거의 혼자 걸으십니다. 그리고 어떠냐면요. 표정이 되게 심각해요. 아파트 단지를 몇 바퀴 돌겠다는 목표를 달성하는 것에만 매진하고 있는 게 느껴질 정도로요.

물론 제 생각에 비약과 편견이 있다는 거 인정합니다. 혼자 걷는 걸 좋아하고 그 시간을 사색의 시간으로 활용하시는 분들도 분명 많으실 거예요. 사실 저도 그런 편이니 거기에 성차를 들이대선 안 되겠죠. 그러니 이건 순전히 저의 경험치와 직관에 의한 것으로 생각하고 들어주시면 감사할 것 같아요. 이렇게 먼저 멍석을 깔고, 슬그머니 주장해 보는 거랍니다. '그래, 저렇게 여자들이 남자들보다 사회적 유대감이 높으니 더 오래 살 수밖에 없어!'라고 말입니다.

여자들이 유대감이 더 높다는 걸 어떻게 아냐고요? 단순합니다. 혼자 걸으시는 남성분들의 비장한 얼굴과는 너무나 대조적으로 함께 걸으시는 여성분들은 정말 즐거워 보이기 때문입니다. 서로 애들 고민도 나누고 남편 흉도 보고 새로 생긴 동네 카페 정보도 주고받으며 걸어요. 그러다 목청이 터져라 박수치며 웃기도 하고 때론 누가 들을세라 속닥속닥 비밀스러운 이야기도 나누거든요. 지겹고 힘들게 여겨질 수 있는 걷기지만, 이렇게 함께 웃고 떠들다 보면 한 시간 정도는 금방이죠, 뭐. 그럼 뿌듯하게 '오운완' 할 수 있습니다. 각자의 집으로 돌아가는 길, '음, 오늘도 이 정도면 괜찮았지'라거나 '오늘도 출발이 좋은걸, 화이팅하자!' 하며 미소 짓게도 되고요. 실제 연구 결과를 봐도 사회적 유대감이 높을수록 자신이 행복하다고 여기는 경향성이 높다고 하니 당연히 스트레스는 적고 건강하게 오래 살 가능성은 높아질 수밖에 없습니다.[12]

'포기 왕'인 제가 그나마 5년 넘게 꾸준히 운동을 하고 있는 큰 동력 가운데 하나도 바로 이 사회적 유대감에 있습니다. 저는 회사 동료 서너 명과 '몸짱 방'이라는 이름의 단체

채팅방을 함께 하고 있는데요, 매월 각자의 운동 목표를 세우고, 운동을 완수했을 때마다 채팅방에 인증하는 겁니다. 예를 들어 '난 이번 달에 요가나 걷기 운동을 30분씩 15번 하겠다'는 목표를 공지한 뒤, 그걸 달성한 날마다 '1차 요가 30분', '2차 걷기 30분' 이렇게 인증을 하는 거죠. 그럼 다른 멤버들은 그때마다 아주 시끌벅적하게 칭찬과 격려를 해줍니다. "샘, 대단해요!", "오늘 피곤해 보이던데 해냈네요!", "이제 10번 남았군요, 화이팅!" 저 역시 다른 멤버의 운동 인증에 똑같이 반응해 주지요. 이렇게 하면서 모두가 목표를 달성한 월말에는 기념 삼아 맛있는 걸 먹으며 뒤풀이를 합니다. 만약 그달 누군가 목표를 달성하지 못했다면 뒤풀이 때 밥값을 보태는 식의 벌칙을 수행하기도 하고요. 사실 한 달에 한 번 그 핑계로 맛있는 거 먹으며 회포를 푸는 게 더 큰 목적이 되어버린 지 오래지만, 그것도 즐거움이거니와 그 참에 서로의 운동 메이트가 되어 혼자서는 어려운 실행력을 높여주니 일석이조가 따로 없죠.

백지장도 맞들면 낫다지요. 오래 건강하게 살고 싶으신가요? '운동하라'라는 조언은 이미 많이 들어보셨을 거예요. 저는 거기에 한 단어 더 넣어보고 싶습니다. '함께 운동

하라'고요. 나이가 들수록, 즉 청년기를 지나 중년기, 장년기, 노년기가 될수록 사회적 고립감은 더 높아진다고 하니 중년기에 있는 지금부터라도 사회적 유대감으로 나와 세상을 더 단단히, 즐겁게 연결시켜 두면 어떨까요.[13]

'충고·조언·평가·판단' 말고 공감하기

공감의 시작은 '경청'에서부터

꽤 오래 전의 일입니다. 스마트폰이 막 보급되기 시작하던 때였고 그런 쪽에 느린 저는 여전히 2G폰을 가지고 있었죠. 당시 제법 잘 나가는 게임 회사의 팀장들을 대상으로 리더십 코칭을 하게 됐어요. 아무래도 게임 회사는 다른 기업들보다 좀 더 개방적인 분위기였던지라, 팀장이어도 30대 젊은 층이 많더라고요. 염색을 한 분도 있었고 반바지를 입는 등 복장 면에서도 훨씬 자유로워 보였습니다.

그때 만난 30대 초반의 F 팀장. 사전 실시한 심리검사 결과를 해석해 주면서 보완이 필요한 리더십 행동에 대한 제

언을 하는 내내, F는 제 눈을 거의 바라보지 않았고 자신의 스마트폰만을 들여다보더라고요. F의 정수리만을 보고 얘기하고 있으니 '뭔가 사정이 있겠지.' 하던 제 생각은 점차 '나를 무시하나?'라는 생각으로 바뀌었고 어쩐지 위축되어 말도 꼬이더군요. 더는 안 되겠다 싶어 용기를 내어 말을 멈췄습니다(그땐 저도 참 미숙했습니다. 지금 같았으면 아예 초기에 이야기를 나눴을 텐데 말이에요). …… (침묵) ……. 그제야 F가 의아하다는 듯 고개를 들어 제 눈을 바라봅니다. "팀장님, 들어오신 뒤 스마트폰만 보고 있으세요. 혹시 다른 급한 일이 있거나 제 얘기에 집중하기 어려운 걸까요?" 그랬더니 돌아오는 대답. "네? 아뇨, 선생님. 전 지금 해주시는 말씀을 열심히 적고 있었는데요." 그러면서 F 팀장이 보여주는 스마트폰에는 제 말들이 빼곡하게 적혀있는 메모장이 반짝이고 있지 뭐에요. 당황한 저는 이렇게 말했습니다. "아, 그러시군요. 지금이라도 여쭤보길 잘했네요, 이렇게 집중해주고 계셨던 걸 제가 오해했어요, 죄송해요. 그런데 팀장님, 혹시 지금부터는 적는 건 조금만 하시고 제 눈과 맞추면서 들어주실 수 있으세요? 그래야 저도 힘이 나고 팀장님도 더 도움을 받으실 수 있을 거예요."

공감받고 존중받고 싶은 건 인간의 본성입니다. 주로 공감의 역할을 담당하는 상담자도 말을 하는 화자 입장이 되면 자연스레 청자인 내담자가 잘 들어주고 공감해 줬으면 하는 바람이 생긴답니다. 그리고 그 욕구가 충족될 때 더 신이 나고 상대에 대한 믿음과 애정도 커집니다. 배우자, 자녀는 물론 타인의 말에 어떻게 반응해야 할지 모르겠고 공감이 어렵다는 사람들이 의외로 많습니다. 앞서도 언급했듯 전문가라는 상담자도 늘 공감이 숙제입니다. 그러니 기죽을 필요는 전혀 없습니다. 그게 정상이니까요. 생각해 보세요. '공감共感'은 '남의 감정, 생각 따위에 나도 그렇다고 느끼는 것'이라는 뜻을 가지고 있습니다. 그런데 말이 그렇지, 내가 남이 아니고, 남도 내가 아닌데 어떻게 똑같이 느끼겠어요. 그러니 완전한 공감이란 이상에 불과할 수도 있습니다. 하지만 상대와 어떻게든 공감해 보고 싶다는 마음, 그 마음을 화자가 느끼게 하는 태도는 가능합니다. 우리가 상대에게 기대하는 것도 바로 그 태도 아닐까 싶어요.

그 첫 출발이 '경청'입니다. 눈을 마주치면서 잘 들어주고 고개를 끄덕여주는 거죠. 인간의 뇌에는 거울 뉴런이 있어 타인의 행동을 저도 모르게 따라 하거나 감정을 그대로 느끼는 모방 행동이 가능합니다. 그러니 애당초 존재하는 나의 뉴런을 조금 더 애써보라고 활성화시키면 되는 거죠. 하다못해 강아지들이 제 주인의 말에 고개를 갸우뚱거리는 이유도 인간과 교감하고 자기 감정을 더 전달하기 위해서라니 강아지보다 더 고등 동물인 우리가 못할 이유는 더더욱 없죠.[14] 강아지 얘기가 나와서 말인데, SNS에서 사람들이 좋아하는 영상물 중에 하나가 강아지들의 이런 순수한 행동, 그 중에서도 경청의 '갸우뚱' 영상이라고 하더군요. 아마 이런 영상을 보신 분들은 공감하실 거에요. 강아지가 사람의 말에 집중할 때 하는 그 갸우뚱의 고개짓을 말이에요. 그저 가만히 바라보며 계속 갸우뚱갸우뚱 인간의 말에 집중하는 그 모습이 얼마나 사랑스러운지, 그래서 지켜보는 이의 기분마저 얼마나 좋게 만드는지를요.

어찌 보면 그런 게 경청, 뜻 그대로 '남의 말을 귀 기울여 주의 깊게 듣는 행위'가 아닐까 싶습니다. 『당신이 옳다』라는 책을 쓴 정신분석의 정혜신 박사 말대로 '충조평판', 즉 '충고·조언·평가·판단'하지 않고, 공감을 하기 위한 출발이 되는 것이 바로 경청이죠. 그러고 보면 최근 반려동물 가구수가 계속 증가한다는데, 그 이유를 가만 생각해 보면 힘든 세상살이와 이것저것 따지고 드는 인간관계로 피곤한 현대인들이 반려동물로부터 오히려 공감받고 위로받기 때문이 아닐까 싶습니다. 반려동물은 늘 변함없이 자기만 바라보며 딱히 평가나 반박하지 않고 그저 자신의 말과 행동에 집중해 주니까요.

〈나 혼자 산다〉나 〈나는 자연인이다〉와 같은 TV 프로그램을 봐도 그렇습니다. 완전한 '혼자'는 없더라고요. 열에 여덟은 반려동물이 있고 그렇지 않더라도 가족이나 지인이 찾아오거나 자신이 찾아가죠. 특히 〈나는 자연인이다〉의 출연진들은 프로그램 진행을 위해 찾아간 MC들을 그렇게 반기며 살갑게 대하더라고요. 존재가 존재에게 주는 온기는 그렇게 따뜻하고 귀합니다. 그리고 그것이 우리에게 공감, 그 시작인 경청이 무엇보다 중요해지는 이유이기도 하겠지요.

나이가 들수록 '입은 닫고 주머니는 열라'고 했던가요. 그러니 자기 말만 하는 꼰대가 되고 싶지 않다면, 주머니는 못 열지언정 내 입은 닫고 가만히 들어보는 겁니다, 상대방의 말을 가만히 들어봅시다. 마치 강아지처럼 온통 그에게만 집중해 '무슨 말을 하고 싶은 걸까?' 한껏 궁금해하며 최대한 이해하려는 마음을 가지고서 말입니다.

당신은 충분히
괜찮은 사람입니다

자존감을 높여주는 '무조건적 수용'

친구의 문자를 받은 건 유례없이 길고 험악했던 여름 폭우가 잠깐 가시고 말갛게 나타난 햇빛이 반가운 휴일 낮이었습니다. 그런 날씨가 야속하리만치, 휴대폰 액정 속 자음 모음도 울 수 있단 걸 경험한 낮이기도 해요. 그만큼 엄마의 부고 소식을 알리는 그녀의 문자에선 슬픔, 아니 '이제 엄마 없는 세상에서 난 어쩌니'라는 애달픔이 가득했습니다.

장례와 삼우제까지 마치고 또 한 며칠 지났을 즈음, 친구와 주고받던 문자에선 그녀 시어머니의 소식을 들을 수 있었습니다. 최근 몇 년간 치매 초기 증상을 보이던 어른께서 증상이 악화되는 바람에 고향을 등지고 자식들이 방문하기 쉽도록 서울 근교의 요양원으로 모시고 오는 길이라 하더군요. 그리고 이어진 친구의 먹먹한 말.

"어머니가 나도 못 알아보시거든. 근데 요양원 가는 길에 너무 긴장하고 계시는 거야. 그래서 '어머니, 뭐가 불안하세요?' 그랬더니 '나 두고 갈까 봐요.' 그러시더라. 울었어, 나도 모르게."

그녀의 흔들리는 문자에 저도 울었습니다.

"요양원에 도착했는데 상담이 길어졌어. 그러니까 어머니가 또 뭐라고 하시는 줄 알아? 아이고, 우리 아들 배고픈데, 뭔 말을 자꾸 저렇게 한대요."

그녀의 출렁이는 문자에 저는 또 울었습니다.

연이어 부모와의 상실을 경험하고 있는 친구는 "자식으로서 할 수 있는 게 참 없다." 하며 자책이 컸어요. 지난 1년간 참 많이도 아프셨던 엄마를 옆에서 돌봐 드리지 못하는 걸 못내 죄스러워했던 그녀의 오랜 마음을 알기에 저의 섣부른 위로도 무의미하게 느껴졌습니다. 그러니 무슨 말을 할 수 있을까요, 아니 필요는 할까요. 그녀도 알겠지요. 어떤 말이 필요해서도 아니고, 설혹 듣고 싶은 말이 있다고 한들 지금의 슬픔은 그 어떤 말로도 열어질 순 없단 걸 말이에요.

그녀의 애달픔과 멀지 않은 그 어느 날 오게 될 저의 애달픔에 대한 두려움을 한 데 섞어, 그저 넋두리처럼 서로의 마음을 읊조릴 뿐이었습니다. '자식 키워봐야 소용없어.', '내리사랑이라더니 정말 그런 거 같아.', '맞아, 다음 생에 우리가 부모로, 우리 엄마 아빠가 자식으로 다시 만나면 갚을 수 있으려나.', '그러게.'

부모 자식 간 사랑의 줄다리기에서 우린 늘 패자라는 생각이 듭니다. 어차피 안 될 싸움인지도 모르겠네요. 마치 넷플릭스 시리즈 <오징어 게임>의 일남 할아버지가 줄다리기 고수였던 것처럼, 부모란 존재는 '대체로'(늘 절대적이진 않습니다. 뒤에 더 이야기하려 해요) 사랑이란 줄다리기에서 절대 고수입니다. 그 비법은 '무조건'적이기 때문입니다. 심리학자 칼 로저스Carl Rogers는 이러한 무조건적인 수용이나 긍정을 두고 "상대방이 어떤 문제를 가지고 있는지, 혹은 어떤 잘못을 저질렀든지 간에 상관없이, 즉 '조건 없이unconditionally' 그를 귀중한 존재로 소중하게 여기는 것"이라 칭했습니다.

앞서 부모의 자식 사랑에 대해 제가 '대체로'라는 단어로 표현한 것은 안타깝게도 모든 부모가 그런 것은 아니기 때문입니다. 그리고 사실 부모들이-마음은 아닐지언정-그 방식은 조건적일 때도 상당히 많습니다. 이를테면 공부를 잘 해야만, 엄마아빠 말을 잘 들었을 때만 칭찬해 주는 게 그런 겁니다. 꼭 부모자식만이 아니라 배우자끼리도, 혹은 연인이나 친구 간에도 이를테면 돈을 잘 벌어올 때만, 나에게 잘 해줬을 때만 인정해 주고 사랑해 주는 것이지요. 이런 조건적 수용이 가지는 힘은 꽤 강력하고 끈질깁니다. 주로 어린 시절부터 형성되어온 것들이니 그만큼 생명력이 길 수밖에요.

뭐든 잘 해내야만 칭찬해 주던 아버지 밑에서 자란 20대 여성 H가 그런 경우였습니다. H의 아버지는 H가 대학을 졸업할 때까지도 중·고교 때와 똑같이 모든 시험의 성적표를 직접 받아보았고, A+ 학점을 받아도 칭찬은커녕 자만하지 말고 더 열심히 하라며 엄격하게 그녀를 몰아세우는 스타일이었습니다. 그런 시절을 지나 H는 대기업에 합격했고 아버지는 자연스레 그 관심의 화살을 나이 터울이 나는 동생에게 돌리셨다고 해요.

H가 드디어 해방이라며 홀가분한 기분을 느낀 건 당연하겠지요. 그러나 안타깝게도 그녀의 기쁨은 오래가지 않았습니다. 늘 비난하고 잔소리하던 아버지의 목소리 대신 더

엄격하게 꾸짖는 자신의 목소리가 들리기 시작한 것이지요. '너 왜 이거밖에 못 해? 옆에 동기는 엑셀도 수준급이던데 넌 이제껏 그것도 안 배워두고 뭐 했어? 그런 것도 못 하면서 좋은 평가를 받을 수 있겠어?' H는 수시로 이런 생각에 사로잡혀 회사에 있는 내내 긴장하기 일쑤였습니다. 선배들에게 안 좋은 평가를 받을까 전전긍긍하면서 그녀는 점점 더 말라갔습니다. 조건적 수용에 익숙해진 그녀는 이제 자신이 만든 조건을 스스로 충족해야만 자신이 사랑받는 존재라고 확인할 수 있게 된 거죠.

이처럼 조건적인 수용 경험은 자신에게 높은 기준을 부과하고 자신의 행동을 엄격하게 평가하며 비판하는 경향, 즉 '자기 지향 완벽주의'를 가져옵니다. 이같은 자기 지향 완벽주의는 '무조건적인 수용' 경험이 있을 때, 즉 '뭘 좀 못 해도 괜찮고 그런 너도 충분히 귀하다'라며 소중히 품어지는 경험을 할 때 줄어들게 되지요. 돌고 돌았지만 결국 무조건적인 수용이 뿌리인 셈입니다.

다 큰 성인에게 그런 무조건적인 수용을 가장 가까이에서, 바로 지금 자신이 가장 원하는 방식으로 해줄 수 있는 사람은 바로 자기 자신입니다. 실제 초등학교 4~6학년 아이들조차도 완벽주의 성향이 높은 어머니 밑에서 자랄지언정 무조건적인 자기수용을 높게 유지하는 경우엔 덜 우울해 하고 자신감 있게 생활하는 것으로 나타났습니다[15]. 하물며 다 큰 성인이라면 더더욱 엄마아빠 탓만 하고 있을 순 없겠지요.

그러니 부모에게 조건적인 수용 경험이 더 많아 늘 자신을 비난하고 몰아세우는 경향이 있는 사람이라면, 이런 시절의 부모보다 자신을 더 귀하게 아껴줄 필요가 있습니다. 남이 맛있는 밥상을 안 차려줘 아쉬웠다면 나라도 정성스레 차려 먹어야 하지 않을까요? 그리고 그 밥상의 첫술은 "흠, 밥이 좀 질게 됐네? 그래도 괜찮아, 소화가 더 잘 되겠지 뭐." 하는 식의 자기 긍정 메시지로 시작해야 하는 법입니다. 그것도 영 어색하고 자신 없다면 오로지 내 편이 되어줄 수 있는 누군가와 함께 해보세요. 가족, 친구, 동료, 혹은 반려동물도 좋습니다. 만약 그들이 '그래줄 수 있을까?' 하고 미심쩍거나 조심스러워진다면 과감하게 요청해 보세요. "오늘은 그냥 내 얘기 듣고 내가 맞았다고, 그럴 수 있다고만 해주라." 하고요. 그렇게 옆 사람의 무조건적 사랑에 기대다 보면 오늘 별로였던 나도 그런대로 괜찮아 보이고, 그대로도 충분히 귀해질 수 있습니다.

이와 반대로 부모에게 무조건적인 수용 경험이 더 많아

늘 사랑의 줄다리기에서 패자의 느낌이 드는 사람이라면, 기분 좋게 그 패배감을 즐기면서 넉넉하게 나눠줘 보는 건 어떨까요? 그 사랑, 우리가 보고 배운 대로 우리의 자식인 아래 세대 혹은 무조건적인 수용이 필요한 누군가에게 더 넉넉히 주면서요.

이젠 자기 자신을 먼저 챙겨야 할 때

어른이 연애하는 법

요새 저는 마흔 넘어 연애를 시작한 후배를 지켜보는 재미가 아주 쏠쏠합니다. 연애라니, 대체 언제 적 얘기이고, 어떤 감정이었던가 싶게, 이제 할 수도 없고 해서도 안 되는 일이 되어버린 40대 중반 아줌마에게 오랜만에 사랑을 하게 된 후배의 연애란 그저 반갑고 귀엽기만 하달까요. 막상 후배는 고민이 많은데 말이에요.

후배의 고민은 이거였습니다. '딱히 싫은 구석이 없고 편하지만 그렇다고 너무 좋지도 않아.' 이래도 되나 싶다는 것, 한 마디로 뜨겁지 않다는 거였습니다. 연애 초반인 지금도 이런데 혹시 결혼까지 하게 되면 과연 잘 살 수 있을까 하는 걱정도 하더군요. 그러니까 후배는 지금 뜨겁지도 않고 차갑지도 않는, 그야말로 '뜨뜻미지근한' 사랑에 빠진 겁니다.

사실 20~30대 때 하는 젊은 사랑은 뜨거울 수밖에 없습니다. 그땐 호르몬의 영향도 있거니와, 성적 매력도 가미되어 잔뜩 열이 오른 채로 열렬히 사랑에 빠져 모든 게 뒷전이 되기 쉽죠. 그래서 갈등의 소지가 빤히 보이는 성격과 생활습관의 차이, 가족이나 주변인들의 반대, 돈이나 명예, 인생의 목표 등에 대한 가치관 차이도 '사랑 앞에 그깟 게 대수냐!' 할 수도 있거든요. 사랑의 형태를 친밀감, 열정, 헌신에 따라 구분해 정리한 미국의 심리학자 로버트 스턴버그Robert Sternberg에 따르면 이 상태는 친밀감과 열정 모두가 아주 높은 상태, 즉 '낭만적 사랑romantic love'에 해당해요.[16]

반면 40대 넘어, 나이 들어 하는 사랑은 어떤가요. 그깟 게 대수가 아니라, 당연히 대수가 됩니다. 몇십 년 살다 보니 세상에는 연인과의 사랑도 중요하지만, 그보다 중요한 게 훨씬 많다는 걸 알게 됐거든요. 내 일상이나 라이프 스타일, 감정이나 생각, 일에서의 성취, 가족과의 조화나 다른 사회적 관계와의 안정성 등이 그것들이죠. 그러니 너무 뜨거워질 수도, 너무 차가워질 수도 없고 자연스럽게 뜨뜻미지근해질 수밖에 없는 거죠. 이는 열정이 넘치진 않아도 친밀감이 높고 헌신이 강해지는 '우애적 사랑companionate love'에 해당합니다.

그래서인지, 40대 넘어 소위 느지막이 연애를 시작한 커플들은 20~30대에 시작한 커플들보다 서로 비슷비슷한 사람들끼리 만나 편안함을 느끼는 경향이 있는 거 같아요. "막 끌렸다기보다는 만날수록 잘 맞는 거 같고 나랑 비슷해서 편했다"라는 식의 말들을 많이 하시거든요. 많이들 아시는 MBTI 성격유형 검사에 빗대보자면 서로 유사한 유형의 커플이 더 많달까요(예를 들자면, ISTJ인 남성+ISFJ인 여성). 실제 부부의 MBTI 성격유형의 유사성과 결혼만족도의 관계를 살핀 연구에서도 부부의 성격유형이 유사할수록 결혼에 대한 만족도가 높게 나타났습니다.[17] 마찬가지로 태도, 성격, 가치관 등 여러 측면에서 유사하다고 생각하는 부부가 그렇지 못한 부부보다 결혼생활이 더 행복하다고 여기는 경향도 발견되었고요.[18]

사실 비슷한 사람에게 끌리는 건 인간의 본능이기도 합니다. 나와 비슷하게 느끼고 생각하는 사람에게 우린 더 많은 얘기를 하게 되잖아요. 이렇게 자신과 유사한 태도를 지닌 사람을 더 좋아하는 걸 보고 '유사성similarity 효과'라고 합니다. '끼리끼리, 유유상종'이란 말이 괜히 나오는 게 아닌 건데요. 그렇게 보면 이미 사랑만큼이나 중요한, 어쩌면 사랑보다 더 지켜야 할 게 많아진 중년의 사랑일수록, 나와는 너무 달라 맞추느라 에너지를 많이 소비해야 하는 사랑보다는 어느 정도 비슷한 구석이 많아 나도, 그도 서로 잘 지켜질 수 있는 사랑이 더 편안할 수밖에 없지 않을까요.

『아직도 가야 할 길』을 쓴 정신과 의사 스캇 펙Morgan Scott Peck 박사는 사랑에 대해 '자기 자신이나 타인의 정신적 성장을 도와줄 목적으로 자기 자신을 확대시켜 나가려는 의지'라고 정의했습니다. 여기서 주목할 것은 '자기 자신'이 '타인'보다 앞선다는 건데요. 흔히들 사랑이라고 하면 상대에게 맞추고 헌신하는 것으로 이야기하곤 하죠. 설혹 그런 게 사랑이라 하더라도 '나'란 사람이 그렇게 할 만큼 건강하냐가 가장 중요합니다. 그래야 맞춰줄 힘도 있고 헌신할 만큼의 아량도 있을 테니까요. 정작 자신은 독감에 걸려 골골대면서 사랑이란 이름으로 상대방을 우선시하면 어떻겠어요? 무리하면서 더 아프기 쉽고, 오히려 독감을 옮길 수도 있겠지요. 진정한 사랑은, 먼저 자기 자신을 건강하게 잘 지킬 때만이 가능하고, 그렇게 괜찮은 자기self로 있을 때만이 상대와의 성장도 꾀할 수 있다는 것입니다. 그러니 어떨까요. 그만큼 자기가 건강한지, 즉 몸과 마음 상태는 괜찮은지, 다른 생활이나 관계도 무난한지, 앞으로도 감당할 수 있을지 등등을 계속 가늠해 봐야 하지 않겠어요? 그러니 좀 뜨뜻미지근해질 수밖에요. 그리고 어쩌면 이것이야말로 진정한 '어른 연애'일 것입니다. 그러니 저는 후배의 그 사랑을 괜찮다며 지지해 줄 수밖에요.

아, 쓰다 보니 저도 무척 연애가 하고 싶어지는 밤이네요. 그냥 마음만 그렇다고요. 하하.

옆집 남자와 살고 있습니다

'관용'으로 서로를 존중하기

몇 년 전인가요, 우연히 TV에서 금실 좋은 부부관계의 표본이자 다산의 상징으로 많이 거론되는 개그맨 김지선 씨가 나오는 예능 프로그램을 보게 됐습니다. 다른 여자 개그맨 후배의 집에 놀러 가 이야기를 나누는 장면이었는데, 당시 그 후배네 부부는 한참 싸움이 잦던 때였나 봐요. 그날 김지선 씨가 있는데도 후배 부부는 다투고 냉랭했지 뭐예요. 그러다 그 남편이 나간 뒤 김지선 씨가 후배랑 이야기를 나누는데, 그녀가 해 준 조언이 너무 재미있어 깔깔 웃었던 기억이 납니다. 한 마디로 "남편을 옆집 남자 보듯 하라"는 거였어요.

왜 너무 미우면 먹는 것만 봐도, 아니 가만히 있는 것만 봐도 꼴 보기 싫다고 하잖아요. 요새 말로 '웃프게도' 부부 관계에서 특히 많이 쓰는 말이죠. 추위를 안 타는 남편이 한겨울에 반소매 반바지 차림으로 있으면 그것도 밉고, 잠을 잘 자는 타입인 아내가 아무리 고민이 있어도 침대에 눕기만 하면 바로 곯아떨어지는 것도 그렇게 밉다죠.

김지선 씨는 그럴 때마다 '내 남편/아내'를 '옆집 남자/여자'처럼 생각해 보라고 하더군요. 만약에 이웃 여자가 "아니 우리 남편은 한겨울에 반소매, 반바지로 돌아다닌다니까요? 왜 저러나 모르겠어요." 하고 남편 흉을 보면 어떻게 말하면 될까요? "그래도 그 댁 남편은 참 건강하신가 봐요. 건강한 게 도와주는 거죠." 하면 되지 않을까요? 그럼, "집에 일이 있든 말든 눕기만 하면 어찌나 잘 자는지 너무 얄밉다니까요"라고 하면요? "그래도 잠 잘 자는 것만큼 복이 있으려고요. 다음 날 좋은 컨디션으로 더 잘 도와주실 수 있겠어요." 이렇게 대답하게 되잖아요. 그런 것처럼 내 남편/아내도 옆집 남자/여자처럼 생각해 보란 거죠. 그럼 아무래도 장점을 더 봐주려 하고, 좋게 말하게 된다고 하더라고요. 한마디로 너그러워질 수 있다는 겁니다. 어떤가요, 참 재미있지요?

그땐 그렇게 웃고 넘겼지만, 살수록 전 이 말이 참 지혜로운 말이구나 싶습니다. 소위 '관용tolerance', 즉 어떤 대상이나 상황이 싫지만 부정적 행위(반대, 거부, 억압, 처벌, 배척 등)를 자발적으로 중지하거나 참는 태도에 가깝다고 볼 수 있거든요.[19] 쉽게 말해 상대의 행동이 싫지만 상대의 권리를 존중하고 참아주는 것입니다. 실제 관용은 분노를 잠재우는 데 도움이 될뿐더러 갈등 해결을 위한 한 방편으로 중요하게 강조되고 있기도 해요. 학교폭력 가해 청소년들도 관용성이 높은 경우에는 그 교화나 적응력이 더 좋다고 하니, 관용이 갖는 힘이 제법 크답니다.

이러한 관용성의 하위 개념에는 인간 존중, 이타행동, 용서가 포함되는데 제 생각엔 김지선 씨가 주장하는 '옆집 남자/여자라고 생각하자'라는 생각은 '인간 존중'과 맞닿아 있다고 여겨집니다. 사람은 본질적으로 도덕적 가치나 위엄을 가진 존재이기 때문에 그들 자체가 가치 있는 존재로 인정받아야 합니다. 생각해 보면 우리는 보통 다른 사람에게는 웬만하면 그 사람 위주로, 특히 장점 위주로 인정해 주려 애쓰지만 자신이나 가족, 특히 배우자에 대해서는 내 위주로, 단점 위주로 비난을 하는 경향이 높습니다. 그러니 내 배우자를 옆집 남자/여자처럼 생각하려고 할 때 그런 비난의 습관에서 벗어날 수 있고, 배우자 위주로, 장점 위주의 생각을 하게 되는 것이 아닐까 싶어요. "어휴, 너그러운 내가 참는다.' 이렇게 관용의 힘으로 나 자신을 더 추켜세울 수도 있고요.

그 프로그램을 본 지 몇 년이나 지났지만, 요즘도 부부 상담을 할 때면, 그리고 남편에 대한 부정적인 감정이 들 때면 종종 써먹는답니다. '옆집 남자/여자라고 생각해 보자.' 하면서요.

물론 옆집 남자/여자인데 싫은 행동을 내 집에서, 내 옆에서 한다고 생각하면 더 화나지 않겠냐 하고 반문하실 수도 있습니다. 그리고 그렇게 관용을 베푸는 게 본질적인 해결책이 아닐 수도 있겠고요. 맞는 말씀입니다. 그래도 어쩌겠어요. 항상 모든 문제를 정면으로 돌파할 수만은 없는 노릇이니까요. 그러려고 해도 안 되는 일들이 많은 게 인생이기도 하고요.

그러니 남편 혹은 아내의 어떤 행동 때문에 너무 화가 나는 날에는 '옆집 남자/여자'처럼 생각해 보라는 말도 한 번쯤 떠올리며 써먹어 보세요. 살짝 돌아가는 관용의 힘도 때론 그 위력이 상상보다 훨씬 더 크답니다.

내 인생에 이해 못 할 사람 몇 명 있어도 됩니다

인정한다는 것에 관하여

상담실에 오셔서 많이 토로하는 고민 중에 "제가 아무리 ○○을 이해하려고 해도 이해가 안 돼서 힘들어요"가 있습니다. 다들 비슷한 경험 있으시죠? 남편이나 아내, 자식, 부모나 형제자매, 혹은 직장 동료나 선후배 등 다른 사람의 행동 중 아무리 이해하려고 해도 도통 이해가 가지 않아 답답해 미칠 것 같았던 경험. '대체 저 사람은 왜 저렇게 행동하는 걸까. 혹시 이런 것 때문일까? 아니면 저런 것 때문일까?' 아무리 생각해 봐도 끝내는 '아, 모르겠다. 어떻게 그럴 수가 있지? 정말 이해가 안 가!'라고 결론 내게 된 경험 말이에요.

이렇게 이해해 보려는 마음을 갖는다는 것은 인간의 본능입니다. 그 행동은 곧 나와의 관계에서 생긴 갈등을 잘 해결하려고 하는 마음에서 비롯된 것이기에 그 자체로 높이 사야 하는 것도 맞고요. 그런데 문제는 그 이해가 끝끝내 안 되는 경우엔 어떻게 해야 하느냐겠죠? 게다가 인생을 살면 살수록 이해가 가지 않는 일들도 많이 생긴답니다. 특히 인간관계에서 말이에요.

이전엔 저도 내담자분들과 같이 이해해 보려고 애썼던 시절이 있었습니다. "그러게 그분은 왜 그렇게 행동했을까요? 이런 것 때문은 아닐까요?"라면서 혹시라도 놓친 지점이 있을까 되짚어보기도 하면서 말이에요. 그런데 요샌 좀 변했습니다. 생각해 보니, 상담실에까지 누군가의 이해 못 할 행동을 싸매고 올 정도라면 이미 내담자분이 백방으로 이해해 보려는 노력을 하신 경우가 더 많았다는 거죠. 내담자 입장에서 볼 때, 그 누군가의 행동이 저 역시 이해되지 않는 부분들이 많았거든요. 그러니 이렇게 말씀드리게 되더라고요.

"그러게, 정말 ○○씨 말대로 답답하기 짝이 없네요. 그렇게 답답하기만 한데 우리 이해하기 인제 그만 하는 건 어때요? 살다 보니까 세상엔 도저히 이해 못 할 사람이 제법 많더라고요. 꼭 이해해야만 하는 것도 아니고요. 안 되는 거 억지로 하지 말고, 내 인생에 이해 못 할 사람 몇 명쯤 있어도 돼. 아휴, 여기 한 명 추가하자!' 하고 내버려두면 어떨까요?"

보통 '이해가 되어야 → 인정한다'의 순서로 생각하게 되고, 어찌 보면 그게 이치에 맞는 것 같기도 해요. 하지만 복잡한 인간관계, 나와 생각이 다른 타인과의 관계들 속에서 늘 그 순서만 고집하다가는 정작 이해해 보려는 좋은 시도를 가지고 있던 내가 먼저 진이 빠지기 일쑤입니다. 그러다 보면 놓치는 것들이 생기거나 그 다음 단계로 잘 넘어가지 않는 불상사가 생기죠. 이럴 때 이해하려는 노력은 마치 늪에 빠진 것과도 같아요. 시간이 간다고 빠져나오기는커녕 더 깊은 갈등의 심연으로 가라앉는 거죠.

그러니 그럴 땐, 더 빠지지 않게 언저리에서 급히 빠져나오듯 순서를 확 바꿔야 합니다. 먼저 인정해 버리는 것도 좋은 방법이죠. 거칠게 말하자면 "그래, 넌 그렇게 살아라.", 곱게 말하자면 "그래, 넌 그냥 그래야 하나 보구나." 하면서 말입니다. '인정하다'의 사전적 뜻이 '확실히 그렇다고 여기다'인 것처럼요.

여기서 잠깐. 그 이해 못 할 사람이 회사 동료거나 친구면 그렇다 치겠는데, 맨날 같이 살아야 하는 내 배우자 또는 자녀, 부모라면 어떡하냐 하는 의문을 가질 수도 있는데요. 그런 경우라면 조금 더 좁혀서 생각해 보라고 말씀드리고 싶어요. 그렇게 함께 살아가야 하는 존재가 보이고 있는, 지금 내가 이해 못 할 그 행동 하나로만 말이에요. 이를테면 자녀의 어지르기, 엄마의 신세 한탄, 아버지의 잦은 잔소리, 남편의 음주나 흡연, 아내의 시간 약속 안 지키기 등등 딱 그 행동 하나만으로요.

어쩌겠어요. 내가 이해가 안 간다고 해서 그가 그 행동을 당장 바꿔줄 것도 아니거든요. 그걸 이해하려고 붙들고 있어 본들 서로의 갈등이 해결되기는커녕 오히려 이해 안 가는 마음에 미움까지 더 커진다면 관계는 오히려 더 나빠질 테니까요. 이해하려고 해도 해도 도통 이해가 안 된다면? 그땐 그놈의 이해, 그냥 하지 말자고요. 그냥 탁, '그게 저 사람이구나.' 하고 인정하자는 겁니다.

그러고 보니 이럴 땐 가수 이효리의 <유고걸>이란 노래 가사를 되뇌어 봐도 좋겠네요.

"이건 어떠니 또 저건 어떠니 고민 고민 하지마~ 이걸 어쩌지 저걸 어쩌지 고민 고민 하지 마~."

4장

마흔, 담담하고 편안하게 지나갑니다

까칠하지만
친절한 할머니가 되고 싶습니다

'자기보호행동'에 성숙 한 꼬집 더하기

사람들은 모두 자신이 '좋은 사람', '괜찮은 사람'이길 바랍니다. 그랬으면 좋겠고 그러기 위해 애쓰죠. 그런데 누가 "넌 나쁜 사람, 이상한 사람이야"라고 비난해 온다면? "우씨, 내가 어디가 어때서? 그러는 넌 뭐 괜찮은 줄 알아?" 이렇게 발끈하는 게 당연합니다.

이런 행동을 심리학자 아들러는 '보호하는 행동safeguarding behavior'이라고 칭했습니다. 사람은 타인으로부터 신체적 위협, 사회적 위협이나 자존감 상실 등의 공격을 받게 되면 자신을 보호하기 위해 똑같이 공격하거나, 그 사람을 피하는 등의 행동을 한다는 것입니다. 이 중 '자존감 상실'을 눈여겨보세요. 어떤가요? 나머지는 위협이니 그렇다고 쳐도, 상실에 공격이라니 어쩐지 뭔가 이질적인 느낌도 들지 않나요? 그런데 앞에 쓴 "넌 나쁜 사람이고 이상한 사람이야!"라는 말을 다른 누구도 아닌 내 배우자가, 혹은 부모나 믿었던 친구가 내게 경멸하는 눈빛과 함께 말한다고 상상해 보세요. 어떤가요, 그럭저럭 괜찮은 사람이던 내가 갑자기 형편없는 사람으로 뚝 떨어지는 것 같지 않나요?

부부 갈등으로 상담실을 찾는 부부들을 보면 성격 차, 경제문제, 고부갈등 등 여러 문제들이 얽혀있죠. 그런데 잘 들여다보면 서로에 대한 '자존감 상실' 공격으로 상황이 더 악화되어 있는 경우가 많습니다. 그들은 주로 이런 말들을 많이 써요. '당신이 하는 일이 다 그렇지 뭐.', '너는 항상 그런 식이야!', '너네 집은 왜 그러냐?', '당신이랑 살면서 좋았던 적은 단 한 번도 없었어.', '내가 너 어떻게 하나 어디 두고 보자. 내 손에 장을 지진다', '너랑 무슨 말을 하겠니? 말을 말자.' 읽는 것만으로도 눈살이 찌푸려지고 뒷목이 뻣뻣해지는 거 같죠? 이 말들은 모두 비난, 무시, 경멸, 빈정거림,

저주하기, 담쌓기 등 상대방의 자존감을 많이 건드리는 말들입니다.

어떨 땐 몸의 상처보다 마음의 상처가 더 아픈 법입니다. 앞서 다른 글에서 언급한 일종의 '심리 내적 상실'인 셈인데요. 이러한 자존감 상실은 다른 위협보다도 발생 빈도가 빈번하고, 오히려 믿었던 사람이나 가까운 사람에게서 발생하기에 그 여파가 더 강력합니다. 그래서 갈등이 많은 부부는 이런 위협적인 말을 줄이기만 해도 꽁꽁 얼어붙은 부부 관계에 살짝 훈기가 돈답니다. 본격적인 문제해결로 들어갈 수 있는 첫 문이 열리는 거죠.

정신분석의 김혜남 박사는 『만일 내가 인생을 다시 산다면』이라는 책에서 "우리의 자존감은 타인의 시선을 통해서 형성된다"라고 말했습니다. '자신을 존중하는 마음'을 의미하는 자존감은 자신이 좋은 사람이라는 믿음에서 나오는데, 이러한 믿음은 타인의 반응을 보고 형성되거든요. 그런데 우리는 가장 가까운 사람 때문에 자존감을 다치고 나락에 떨어질 때가 많습니다. 거꾸로도 만만치 않죠. 어떠신가요, 여러분은 부부, 부모, 자녀, 형제자매, 친구나 동료들에게 자존감 도둑이신가요, 아니면 자존감 지킴이신가요?

저 또한 자존감 도둑일 때가 많은 거 같아 반성해 봅니다. 고백하자면, 전 좀 까칠한 편이거든요. 사실 다른 면에선 어리숙하기 짝이 없는데 일에 대해선 까칠해지는 거 같아요. 이참에 사전에 '까칠하다'를 찾아봤는데, '성질이 부드럽지 못하고 매우 까다롭다'이네요. 제 입으로 먼저 까칠하다 해놓고는 막상 단어 뜻을 찾아 써 놓고 보니 불쑥 '우씨, 그 정도는 아닌데?' 하는 마음부터 듭니다. 앞서 말한 대로 본능적인 '보호하는 행동'인 셈이죠. 어떨 땐 그렇지만 또 어떨 땐 아니라고 분명히 따져 구분하고 싶은 마음이 확 일어나는 걸 보면 그래요. 그런데 곰곰이 생각해 보니 부드러움보다는 까다로움이 좀 더 우세한 게 맞는 거 같아요. 네네, 인정합니다. 많이들 알고 계실 MBTI 성격유형검사로 빗대 말해보자면, 사고(T)-감정(F) 중 사고형의 선호도가 제법 뚜렷하다고 할까요.

그렇다고 제 까칠한 성격을 제가 좋아하지 않는가 하고 묻는다면 그건 또 아닙니다. 개인이 가진 기질이나 성격은 그 모양이 어떻든 각각의 장단점이 있는 법이니까요. 전 대체로 일 하는 장면에서의 까칠한 저는 좋아하는 편입니다(이 정도면 눈치챘을 수 있는데요, 맞습니다. 전 좋게 말하면 자존감이 높은 편입니다. 그러니 저 스스로에겐 자존감 지킴이인 셈이지요). 일하는 곳에서는 일이 되게 만드는 것에 목적을 두고(친선 도모나 자기 성장이 앞서지 않고요), 효과적으로 하는 게 우선이란 생각을 가진 저는, 그래서 자주 까칠해진답니다. 더욱이 전문가라는 타이틀을 걸고 일하는 곳이라면 전문가답게 일을 '잘'하는 게 우선이라 여기기에 전문가의 기본 책무라 생각되는 지속적인 학습, 자기 판단에 근거한 의사 표명과 그 책임을 주장하는 편이에요.

그래서 공부하지 않는 후배는 이유 불문 구박합니다. 번번이 자신의 고민이나 구상 없이 회의에 참석해 다른 사람에게 아이디어를 구걸하고 집단의 시간을 낭비하는 동료를 보면 끝내 "그래서 당신의 생각은?" 하고 물어 그 생각 없음을 스스로 반성하게 만들기도 하죠. 부족한 논리를 앞세우며 말도 안 되는 일을 시키려는 상사 앞에서도 기죽지 않고 할 말은 하는 편이고요. 제가 속한 조직의 동료나 후배들에게 저는 의리가 있고 일을 썩 잘한다고 인정받는 건 이런 까칠함 때문인지도 모릅니다.

그러나 '적당함'이란 또 얼마나 어려운 말이기도 한가요. 제가 요리를 잘 못하는 이유도 '적당히 한 꼬집'을 끝내 못 찾아서이듯, 저의 까칠함이 적당함의 경계를 아슬아슬하게 혹은 과하게 넘었을 때가 문제입니다. 그래서 육아 스트레스로 눈이 퀭한 후배는 제게 서운해합니다. 생각 없이 회의에 왔기로서니 여러 사람 앞에서 콕 집어 면박을 주나 싶은 동료는 제 앞에서 샐쭉해지고요. 자기 말에 자주 토를 다는 저를 상사는 멀찌감치 밀어둡니다. 저의 까칠함은 서운함이나 긴장, 저항을 불러일으키는 걸림돌이 되기도 하는 셈이지요.

그래서일까요, 요즘 들어 부쩍 친절해지고 싶다는 생각이 듭니다. 우선 저부터가 친절한 사람이 점점 좋아집니다. 굳이 센 척 다른 척 멀찍이 있기보다는 부드럽게 먼저 눈 마주치고 웃어주는 사람이 좋습니다. 다정하게 물어봐 주고 대답해 주는 사람, 어차피 해줄 일이라면 상대의 편의를 좀 더 봐주면서 해 주는 사람이 좋습니다.

제게 잘해주고, 제 입맛대로 하는 게 좋은, 소위 꼰대가 되어가나 싶어 살짝 걱정도 되지만 그것과는 약간 다른 것 같아요. 아마도 이는 나이가 들어가면서 사람이란 존재가 얼마나 약한지를 알게 되고, 거기에 대한 연민이 생기기 때문인 것 같습니다. 우리는 결국 약하디약한 존재이고, 우리 모두는 '이렇게 약한 나를 괜찮다고 해줘요.' 하며 이해받고 인정받기를 바라는 거죠.

요즘 저는 까칠하지만 친절한 사람으로 늙어가고 싶다는 바람을 가지게 됐습니다. 원체 까칠한 제가 180도 친절한 사람으로 싹 변하긴 어렵다는 건 압니다. 그래서 생각이나 가치관은 까칠하더라도, 타인을 대하는 태도에는 '성숙한 꼬집'을 넣기로 했습니다. 제가 조금 더 친절해질 수 있게요. 지금부터 꾸준히 노력한다면 60살, 70살…… 머리가 새하얀 할머니가 되었을 땐 제법 멋진 마음과 태도를 가지고 있지 않을까요?

그런 면에서 이 글은 어제 동료에게 굳이 그렇게까지 얘기할 필요까진 없었다 하고 써 보는 반성문이자, 내일은 좀 더 친절해야겠다고 다짐하는 선언문인 셈입니다.

'때론' 포기하면 편합니다

'비합리적 신념'에서 벗어나기

팬심으로 고백하자면, 많은 분들이 '유느님'이라며 유재석 씨를 좋아할 때 전 '영원한 이인자' 박명수 씨를 더 좋아했습니다. 지금도 그렇고요. 예전 <무한도전>, 아니 그 전신인 <무모한도전> 시절부터 쭉 그랬습니다. 유재석 씨는 매사에 긍정적이고 포기를 모르는 캐릭터지만, 박명수 씨는 툭하면 툴툴대고 포기하고 마는 캐릭터였던 것 같아요. 예능인 만큼 과장되고 작위적인 설정도 분명히 있겠지만, 그때 이후로도 왕성히 활동을 해오는 두 분인 만큼 계속 볼 기회가 많다 보니, 저 캐릭터는 만들어진 것만이 아니라 각자 가지고 있는 어느 정도의 고유한 특성이란 결론도 내리게 됐지요.

최근 종종 회자되고 있는 '박명수 어록'은 언제 봐도 재미있는 거 같아요.

"내가 너 그럴 줄 알았다 하는데, 알았으면 제발 미리 말을 해줘라!", "내일도 할 수 있는 일을 굳이 오늘 할 필요 없다.", "하나를 보고 열을 알면 무당.", "고생 끝에 골병 난다.", 그리고 또 "포기하면 편하다." 등등.

'포기의 미덕'을 주장하는 저에게는 이 말이 특히 마음에 들어 상담실에서 종종 사용하곤 하죠. 오히려 더 강하게 얘기할 때도 있습니다.

"포기는 배추 셀 때나 하는 말이라고도 하는데 아니 왜요, 포기가 어때서요? 포기가 얼마나 중요한데요, 포기해야 할 땐 포기해야죠!"

물론 말이 쉽지, 어떨 땐 그 어떤 것보다 어려운 것이 이 포기입니다. 그도 그럴 것이 포기라는 것에는 지금 하고 있는 혹은 지금까지 해오던 무언가(예를 들자면 시험이나 사업 등)를 버리는 것뿐 아니라, 그 과정에서 생겨난 내 기대와 바람(예를 들자면 시험을 잘 보면 부모님이 날 더 사랑해 주겠지 하는)까지 버리는 게 포함되기 때문이죠.

자신의 능력보다 큰 프로젝트를 맡게 된 40대 남성 K도 그랬습니다. K는 명문대를 졸업하고 지금의 회사에 들어와 나름대로 일을 잘해왔다는 자부심이 큰 사람이었습니다. 문제는 최근 K의 회사가 인재 영입을 기조로 석·박사학위 소지자들을 경력직으로 채용하고, K의 부서도 부서장을 비롯해 몇몇 분들을 박사학위 소지자로 변경하면서 시작됐어요. K는 자꾸 학력을 들먹이는 부서장이 K와 부서원들을 무시한다는 생각이 들었습니다. 가뜩이나 여러 사정 때문에 대학원을 가지 못해 아쉬움이 컸던 K는 더욱 자존심이 상했죠.

그러던 중 지금의 프로젝트가 K의 부서에 떨어졌습니다. 부서장은 이 프로젝트가 전공 분야에 대한 이해가 필요하다며 박사급 동료에게 프로젝트 리더를 맡겼고, K에겐 보조 역할을 하라고 했습니다. 하지만 절대 그러고 싶지 않았던 K는 자기가 리더를 해보겠노라 큰소리치고 프로젝트를 가져왔습니다. 그래서 K는 어떻게든 해내고 싶었습니다. 이것만 성공적으로 해내면 상사가 자기를 인정해줄 것으로 생각하고 지난 한 달 간 매일 야근을 했고 밤을 새운 날도 많았어요.

그런데 프로젝트가 진행될수록 K는 벽에 부딪히는 느낌을 받았습니다. 부서장 말대로 그 프로젝트는 전공자도 어려워할 정도의 지식과 노하우가 있어야 하는 일이었던 것이죠. 게다가 K는 올해 와이프와 시험관 시술을 계획하고 있었습니다. 둘 다 나이가 있는 터라 올해 아니면 가능성은 더 희박해지거든요. 그런데 일 때문에 시험관 시술이 뒷전으로 밀리며 와이프와 다투는 날도 잦아진 거죠.

1차 보고가 딱 한 달 남은 상황. K는 알고 있습니다. 지금이라도 자신의 한계를 인정하고 부서장에게 프로젝트 리더를 변경하는 것이 낫다고 말해야 한다는 것을요. 하지만 막상 포기하자니 많은 것이 두렵습니다. 부서장은 자길 우습게 볼 것이고, 자기는 부서에서 밀려날 게 너무나도 뻔하거든요. K는 어쩌면 회사 생활이 영영 끝날 수도 있다며 자신을 다그치고 있습니다.

엘리스Albert Ellis라는 학자가 주장한 '비합리적 신념irrational belief'이란 게 있습니다. 비현실적이고 비논리적이며, 아무런 근거가 없으면서도 역기능적인 행동을 야기시키는 사고방식입니다. 이런 사고에는 '항상', '결코', '반드시', '꼭', '모든' 등과 같은 단어가 포함되죠. 이런 식으로 생각하는 사람이 별로 없을 것 같지만, 사실 우리 모두가 일상에서 빈번히 사용한답니다. 이를테면 이런 것들이죠. '세상은 반드시 공

평해야 하며 정의는 반드시 승리해야 한다.', '나는 항상 고통 없이 편안해야 한다.', '나쁜 사람은 반드시 비난받고 처벌받아야 한다.', '가치 있는 사람으로 인정받으려면 반드시 유능해야 하고 완벽하게 일을 성취해야 한다.', '일이 뜻대로 되지 않는 것은 끔찍하고 무서운 파멸이다.'

K가 지금 하고 있는 생각들도 포함됩니다. 이런 비합리적 신념이 강한 사람일수록 포기는 점점 더 하기 어려워질 수밖에 없어요. 하지만 옆에서 보는 우리는 잘 알고 있습니다. 프로젝트에 성공하지 못한다고 해서 부서장이 날 우습게까지 보진 않을 수 있고, 혹여 우습게 본다 한들 그것이 내 인생 전체를 어떻게 하지 못한다는 것을요.

그러면 K가 가졌던 비합리적 신념을 '합리적 신념rational belief'으로 바꿔볼까요? 그럼 이렇게 되겠죠. '나도 어쩔 수 없는 인간이라 남들처럼 한계가 있고, 실수를 하는 불완전한 존재이다.', '일이 뜻대로 되면 좋겠지만 원하는 대로 되지 않는다고 해서 끔찍할 것까지는 없다'로요.

우리가 해야 할 포기란 열망하던 어떤 대상을 버리는 것만을 의미하는 것이 아니라, 그 밑에 깔린 자신의 생각, 즉 비합리적인 신념을 버리는 것을 의미하기도 합니다. 어떤 일을 하며 자기도 모르게 커져 버린 과도한 기대와 바람을 버리는 것이지요. 그걸 포기할 때, 박명수 씨 말처럼 진짜 편해집니다.

K도 그랬습니다. 부서장의 인정을 포기하기로 한 거죠. 아니, 더 정확히 말하자면, 자신이 그 프로젝트를 완벽히 해내야만 부서장이 자신을 인정해 줄 것이고, 그렇게 되지 않으면 회사에서 설 곳이 없어질 것 같다는 스스로의 비합리적 신념을 포기하기로 한 거죠. 이는 여러모로 현명한 선택이었습니다. 실제로 부서장의 인정은 그 프로젝트와 상관없었습니다. 그 부서장은 원래 그런 사람, 그러니까 학벌과 자기 사람을 중시하는 편협한 사람이었던 거죠.

이후 K는 생각지도 않게 그 부서를 떠나 다른 업무를 하게 됐습니다. 이전 부서장이 새로운 부서를 맡게 되면서 함께 일했던 K를 스카우트한 거죠. K는 인생 정말 모를 일이라며 한결 편해진 얼굴로 업무를 하더군요. 요새는 아내와 시험관 시술도 시작하면서 잘 지내고 있다고 합니다.

박명수 씨 말대로 '때론' 포기하면 편합니다. 물론 목표가 이루어진다고 긍정적으로 생각하며, 그 목표를 이루기 위해 노력하는 과정은 충실히 밟아야죠, 유재석 씨처럼요. 하지만 그사이에 '반드시', '꼭', '항상 ~여야 한다'라는 자신의 비합리적 신념이 제멋대로 너무 커졌다면? 그래서 그것들이 내 삶 전반을 너무 잠식하고 있다고 여겨진다면? 그땐 과감히 포기해야 하는 겁니다. 박명수 씨처럼 말입니다.

'참 괜찮은 나'가 되는 방법

'따뜻한 빛' 효과로 행복감 높이기

저의 직업 얘기를 잠깐 하자면, 저는 상담(심리)사, 심리상담사 등으로 불리는 일을 하고 있습니다. 내담자와 함께 이야기를 나누면서 문제 해결과 자기 성장을 위해 조력하는 사람이라 할 수 있죠. 이런 상담심리사가 일하는 현장, 소위 '세팅'이 어디냐 혹은 그 대상이 누구냐에 따라 아동 상담, 청소년 상담, 대학 상담, 군 상담, 기업 상담, 사설 상담 등으로 나뉘는데요, 전 이 중에서도 기업 상담, 즉 직장인들을 위한 상담을 하고 있습니다.

기업 상담 현장에 있은 지 벌써 10년이 훌쩍 넘었습니다.

안타깝게도 아직 상담 현장은 정규직이 20퍼센트대에 불과할 정도로 비정규직이 훨씬 많기에 저처럼 한 회사에서 10년 넘게 상담을 해오는 경우가 드뭅니다. 게다가 제가 하고 있는 기업 상담은 근로자들의 정신건강을 위해 비용을 지불할 수 있는 회사, 즉 어느 정도는 규모가 있는 대기업 위주로 심리상담사를 채용하다 보니, 대학이나 청소년 상담 기관처럼 보편적이라 보기는 어렵습니다. 그만큼 상담자 수도 많지 않죠. 대신 대기업이다 보니 심리상담사에 대한 급여나 복지 등의 처우가 아무래도 다른 현장보다는 나은 것이 사실입니다. 그렇다 보니 기업 상담은 심리상담사들이 매력을 많이 느끼는 영역인 반면, 일하는 사람은 소수라서 아직 그 내막을 접할 수 있는 기회가 많이 부족한 편입니다.

그래서 후배나 동료 상담자들에게 약간의 도움이라도 되고 싶단 마음에 시작한 게 기업상담에 대한 무료 북토크였습니다. 기업상담에 대한 안내를 도와주고자 저의 경험을 담은 책을 한 권 냈거든요. 이걸 기본 콘텐츠 삼아 다른 기업에 있는 후배와 함께 기업상담 현황도 소개하고, 참여자들의 질의응답을 위주로 궁금증을 풀어주자는 취지였죠. 비슷한 취지의 강의를 유료로 할 수도 있고 그렇게 하는 곳도 있지만, 저희는 그렇게 하고 싶지는 않았어요. 그리할 깜냥도 되지 않거니와 가뜩이나 수련 과정에서 경제적 부담을 느끼는 후배들에게 부담을 주고 싶진 않았기 때문입니다.

다행이 북토크는 평이 제법 좋은 편이에요. 도움이 많이 되었다, 시간이 짧아 아쉽다 하며 계속해달라는 요청이 있어 당분간은 1년에 한두 번씩 더 하자고 생각하고 있습니다. 그리고 무엇보다 이렇게 북토크를 하고 나면 제 기분이 참 좋아집니다. 적게나마 다른 이에게 도움이 되었다는 뿌듯함이겠죠. 살짝 민망하지만, 이러한 마음을 심리학적 이론과 적용해 보자면 '이타적 행동altruistic behavior'의 힘이라고 할 수 있습니다. 긍정심리학의 대가인 마틴 셀리그만Martin Seligman은 타인을 위한 이타적 행동이 그 행동을 한 사람에게 깊은 만족감과 행복을 제공한다고 강조합니다. 경제학자들 역시 이타적 행동에는 일상의 행복감이나 삶의 만족감을 높여주는 '정서적 편익benefit'이 있다면서, '따뜻한 빛warm-glow 효과'로 이를 설명하기도 했어요.[20]

사람은 다들 다른 것 같지만, 누군가에게 인정받고 사랑받고 싶은 욕구가 있다는 점에선 다 똑같습니다. 누구나 언제든 어디서든 자신이 괜찮은 사람이고 싶은 거죠. 그래서 내가 괜찮지 않을 때 우울해지고, 내가 괜찮게 보이지 않을까 봐 불안해 합니다. 내가 '괜찮은 사람'이고 싶을 때, 자신을 향한 많은 방법들을 고민하고 실행하는데요, 때로는 그 방향을 타인을 향해 보는 것도 추천 드립니다. 특히나 자기 연민이나 자기혐오에 빠져 있을 때 말이에요.

조금 오래된 일이네요. 20대 초반의 여성 B가 그런 경우였습니다. 전 남자 친구와의 사이에서 아이가 생겼지만 사정상 아이를 낳고 키울 여력이 되지 못했던 B는 어쩔 수 없이 낙태를 했습니다. 그 뒤로 한참의 시간이 흘러 상담을 하러 온 것이었지만, B에게 남아있는 죄책감은 상당히 컸습니다. 반복적으로 자기 혐오감에 빠져 우울해지기 일쑤였던 B에게 어느 날 이런 제안을 한번 해봤습니다.

"그런 생각이 너무 크게 들어 힘들 때마다 천 원 혹은 여력이 된다면 만 원이라도 저금통에 넣거나 빈 계좌로 이체해서 돈이 좀 모이면 미혼모를 위한 단체나 보육 시설에 후원을 해보면 어떨까요?"

인제 그만 과거는 지나가게 두자, 그땐 너무 어렸고 그럴 만한 사정이 있었으니 용서해 주자 등 늘 자기 자신을 위한 작업을 함께 해보려 해도 도통 의지를 보이지 않던 B의 눈이 처음으로 반짝였던 기억이 납니다. 그렇게 하면서 B는 점차 나아졌고, 나중엔 좀 더 적극적으로 변해 봉사 활동에 참여하기도 했거든요.

앞서도 말했지만, 사람은 누구나 자신이 제법 괜찮은 사람이길 바랍니다. 나이가 들어 중년이 되면 좋은 점 중 하나는 대체로 어릴 때보다는 여유가 있다는 것입니다. 돈도, 시간도, 마음도, 행동도. 그러니 '나 어느새 이렇게 늙어버렸지?', '난 왜 여전히 이렇게 못났지?', '남들에 비해 나만 뒤처지는구나.' 이런 생각이 들어 괴로울 때, 우리 이타적 행동을 해 봐요. 사회 참여적인 행동도 좋겠지요. 그리고 나선 저처럼 아주 작은 것도 크게 생색내며, 따뜻한 빛을 누려 보자고요.

'나'라는 사람은 어떤 느낌일까요?

'초두 효과'와 '최신 효과'에 관하여

올봄에 나흘간 명상 수련원에 다녀올 기회가 있었습니다. 호젓한 곳에서 휴대폰이나 TV도 멀리 한 채 오로지 먹고 자고 명상만 하는 프로그램이었어요. 나흘간 같은 명상실에서 50명의 사람들이 프로그램을 함께했지만, 서로 누구인지 알 필요도 이야기를 나눌 필요도 없는 그런 시간이었습니다. 오롯이 나 자신에게만 집중할 수 있는 기회가 됐죠.

그래도 마지막 날에는 전체 50명을 반씩 나눈 25명이 팀을 이뤄 나흘간의 시간을 함께 나누는 시간은 가지더라고요. 25명이 둥글게 둘러앉아 모두 저마다의 소감을 이야기하는데, 그중 세 분이 참 인상적이었습니다. 한 분은 40대 중후반으로 추정되는 여성분이었는데, "아이 셋을 키우는 워킹맘인데 이렇게 혼자만의 시간을 가져 본 적이 언제였나 싶다"면서 눈물을 흘리셨고요. 또 한 분은 40대 초반으로 보이는 남성분으로 "늘 경직되어 살고 있었단 걸 여기 와서 많이 깨달았다"고 하셨어요. 마지막 한 분은 20대 중반 정도로 보이는 여성인데, "너무 좋았다"라며 첫 말을 떼곤 계속 눈물을 흘리는 통에 말을 잇지 못하셨어요.

이분들이 왜 인상적이었냐면, '어쩐지 그러실 거 같았어.' 하는 제 생각이 정확하게 맞아떨어졌기 때문입니다. 나흘 동안 명상실에서 함께 하면서 서로 말을 섞을 기회는 없었지만, 쉬는 시간과 식사 시간 등에 오가며 서로의 얼굴이나 행동을 접하게 될 기회는 자연스레 생기거든요. 그렇다 보니 약간 관찰이라면 관찰을 통해 '저분은 어떤 분일 거 같아'라는 느낌을 가지게 되는데, 그 세 분에 대한 저의 느낌과 그분들의 소감이 제법 맞아 떨어졌던 거죠. 40대 여성분은 아닌 게 아니라 너무 바빠 보이고 분주한 느낌이었고요. 40대 남성분은 무표정한 얼굴과 뻣뻣한 태도가 어딘지 모르게 깐깐한 분으로 느껴졌어요. 20대 여성분은 뭐라 설명할 수 없지만 어딘가 사연 있어 보이는 울적함이 느껴졌습니다. 이쯤 되면 '제가 사람을 제법 본답니다.' 하는 자랑이 되려나요? 하하.

사실 제가 말씀드리려는 건, '다른 분들도 아마 저와 비슷하게 느꼈으리라.' 하는 것입니다. 우리는 가끔 '관상은 과학이다'라는 말을 하잖아요. 나이가 점점 들어 가면서 저는 이게 정말 맞는 말이란 생각을 자주 합니다. 첫인상만 가지고 함부로 사람을 평가해선 안 되는 건 맞죠. 그런데 '나이 마흔이 넘으면 자기 얼굴에 책임을 져야 한다'라는 말 역시 그 못잖게 맞는 말이라는 생각도 들어요.

심리학 용어 중에 '초두 효과'라는 게 있습니다. 많이들 알고 계실 거예요. 처음 입력된 정보가 강한 영향력을 발휘한다는 뜻이죠, 마치 첫인상처럼요. 반대로 '최신 효과'라는 것도 있습니다. 가장 최근 또는 나중에 입력된 정보가 큰 영향을 끼칠 때 쓰는 말입니다. 마치 두고두고 기억나는 영화의 엔딩 같다고나 할까요.

나이가 들어간다는 것은, 아니 나이 들어가며 나도 모르게 형성되는 나란 사람이 풍기는 느낌은 그 첫인상과 엔딩이 같아지는 것이라고도 생각됩니다. 그래서 이런 말도 있는 거겠죠.

"성격은 얼굴에서 드러나고 부지런함은 체형에서 드러나며, 인품은 말투에서 드러나고 본심은 행동에서 드러난다. 여유는 표정에서 드러나고 심성은 태도에서 드러난다. 감정은 목소리에서 드러나고 센스는 옷차림에서 드러난다. 내공은 차분함에서 드러나고 성향은 일 처리에서 드러난다."

일상에서 내가 많이 하는 생각과 자주 느끼는 감정, 그리고 자연스레 묻어나는 사소한 행동들이 결국 '나'라는 사람의 실체입니다. 그리고 나이가 들어가면서 나라는 사람의 실체는 점점 더 온몸에서 자연스럽게 묻어나오는 것 같습니다. 누군가는 저를 보면서 '이런이런 사람일 거 같아.' 하고 생각하시겠죠. '나는 어떤 느낌의 사람일까?' 잠시 이렇게 생각해 보니 조금 움찔하게도 되네요. 혹시 너무 날카롭고 까칠해 보이진 않을까 싶어요. 저 스스로 그런 면이 있다고 여겨지니 괜스레 제 발이 저려오네요, 하하.

엊그제 제가 좋아하는 요가 채널에서 본 글귀 하나가 떠오릅니다.

"처음에는 내가 습관을 만들지만, 나중에는 습관이 나를 만든다."

오늘, 아니 지금부터라도 많이 웃어야겠습니다.

사전연명의료의향서를 선물하기로 했습니다

죽음에 대해 마음의 준비를 한다는 것

저희는 동갑내기 부부입니다. 딱 서른 되던 해에 결혼했으니, 결혼 20주년이 되는 해에 나이 50살이 됩니다. 원체 스윗함과는 거리가 있는 부부이긴 하지만 결혼기념일을 그냥 거른 적도 없긴 합니다. 소소하게 밥이라도 한 끼 맛있는 걸 먹으려 했고, 작은 선물 하나 툭 하고 기념일을 핑계로 주고받기도 했죠. 눈물 콧물 쏙 빼놓는 거창한 이벤트나 반짝이는 보석들, 아니면 큰돈 들여 가는 여행 등 화려한 결혼기념일과는 거리가 먼 그저 촌스럽고 소박한 수준이었지만 말입니다.

아, 그래서 평년에는 그럭저럭 보내되 5년 단위로는 가까운 해외여행이라도 다녀오자 했습니다. 그래서 5주년, 10주년이 됐을 땐 결혼기념일이 있는 한국의 한겨울을 피해 가성비 좋은 동남아 어느 따뜻한 나라로 피난(?) 여행을 다녀오기도 했죠. 그런데 15주년을 맞이한 올해는 여러 이유로 그것도 어려워 '방콕' 여행을 하며 이런저런 얘기를 나눴더랬죠. 얘기는 흘러 흘러 결혼 20주년 얘기도 나오게 됐는데, 저는 불쑥 평소 생각하고 있던 이야기를 꺼냈습니다.

"우리 결혼 50주년이 되는 날엔 딴 거 말고 병원 가서 사전연명의료의향서를 쓰고 오자."

남편도 그리 놀란 건 아닌 것 같았습니다. 평소에도 죽음을 앞두고 가능하다면 인위적인 연장은 하지 말고, 자연스럽게(제발 그럴 수 있다면! 그 얼마나 복된 일일까요) 받아들이자는 생각을 갖고 있었기 때문일 겁니다. 다만 "나도 생각은 같은데, 굳이 그걸 꼭 쓰는 행위를 해야 할까?"라는 질문은 돌아왔습니다. 저의 대답은 물론 예스. 번거롭고 형식적으로 느껴질지 몰라도 그걸 쓰는 행위는 첫째는 자기 자신을 위한 것이고, 둘째는 배우자를 위한 것이기도 하지만, 마지막으로는 우리 둘 외에 '가족'으로 얽혀있는 이들을 위한 것이기도 하기 때문입니다. 저는 남편에게 물었습니다.

“만약에 내가 그런 판단이 필요한 상태가 됐어. 당신이랑 난 서로 그런 얘기들을 평소에 해서 잘 알고 있어. 그러니 당신은 ‘이 사람이 평소 연명치료를 안 하고자 했다. 그러니 뜻대로 해주자’라고 말해. 그렇다고 우리 언니나 오빠가 쉽게 동의할 수 있을까? 그럴 수도 있지만, 만에 하나 아니라면? 안 그래도 힘든데 더 복잡해지지 않을까?”

남편도 이내 고개를 끄덕이며 수긍합니다. 그래서 우리는 약속했습니다. 쉰이 되는 그해 결혼기념일에는 어느 볕 좋은 시간을 골라 천천히 산책 삼아 사전연명의료의향서를 작성하고 오기로 말입니다. 그 무슨 화려한 여행도, 고급 선물도 아닌, 그러나 뭣보다 귀하디귀한 종이 한 장을 서로에게 선물하기로요.

그런 마음이 든 데는 평소 죽음에 대해 관심이 많았기 때문이기도 하지만(저는 박사학위논문도 ‘죽음’을 주제로 다루었습니다), 몇 해 전 돌아가신 외조부님의 임종 전후로 마주하게 된 엄마의 모습이 인상적이었기 때문이기도 합니다. 생전 온화한 성품에 부지런하고 깔끔하기 그지없었던 외조부님은 그 성정답게 아흔이 훌쩍 넘은 연세에도 그 나이에 으레 있을 법한 병치레를 제외하곤, 또렷한 기억력과 판단력을 보이며 정정하셨습니다. 그러다 97세, 98세 들어 부쩍 앓이를 많이 하시더니 돌아가시기 한 1년 전이었던가요, 그때부터는 아예 모든 게 외부의 수발로만 가능한 상태로 지내야만 했습니다. 그렇게 소위 연명치료의 수준으로 병상에 누워 계시다가 결국 99세에 돌아가셨죠. 고인에게 '때가 되어 잘 가셨다'라는 말처럼 실례되는 말이 없다지만, 2020년 통계청 기준 한국 남성 평균수명인 80.5세에 견주어 봐도, 감히 아주 애달픈 정도는 아니라고 말할 수 있는 연세였습니다(죄송해요, 외할아버지).

그런데도 엄마는 외할아버지가 딱 1년만 더 계셨으면 했습니다. 뼈밖에 안 남은 몸에 꽂힌 호스로 그저 숨만 들어왔다 나가는 상태였고, 의식은 이미 확인될 수 없는 상태였음에도 말이에요. 비록 그런 상태의 육신일지언정, 언제든 찾아가 눈으로 보고 손으로 만질 수 있는 존재가 이 땅에 없다는 건 엄마에겐 너무나 큰 상실이었던 것 같습니다. 딱 1년만 더 계시면 100세가 되니 그래도 100년 이 땅에 계시다 가셨다고 하면 어쩐지 위로도 되는, 어떻게 보면 '엄마의 아버지'를 위한 것보다는 '엄마 자신'을 위한 마음이기도 한 그 바람을 엄마는 애써 속이려 들지는 않으셨어요.

그러니 누가 비난할 수 있을까요. 머리 큰 손주들이 보기엔 무의미한 연명의료일 수도 있겠지만, 그것이 그저 얼마간이라도 곁에 조금 더 있어 주셨으면 하는 엄마의 마음보다 더 합리적이고 옳다고 할 수 있을까요? 엄마는 그런 마음이었고, 이모는 다른 마음이었다고 하더라도, 과연 어느 것이 옳다고 할 수 있을까요?

다른 글에서도 언급했듯, 죽음은 모든 상실의 '끝판왕'입니다. 그만큼 강력하죠. 연인과의 이별, 배우자와의 이혼, 직장에서의 해고, 이사로 인한 친구들과의 이별, 질병으로 인한 신체 손상 등 삶의 도처에서 우린 상실과 맞닥뜨립니다. 그러나 이 모든 것들은 잘하면 피하거나 되돌릴 수 있는 가능성 또는 희망을 품을 수 있어요. 하지만 죽음은 결코 되돌릴 수 없습니다. 불가역성. 이것이 바로 죽음이 모든 상실의 '끝판왕'인 이유입니다.

너무나 원통스러워 잘 받아들여지지 않는 것이 오히려 당연해요. 대체로 모든 마음의 고통은 '수용', 즉 인정하고 받아들이는 것부터 해소가 가능한데, 죽음은 당장 그 첫걸음이 안 떼지는 셈입니다. 가뜩이나 앞으로 얼마나 걸릴지, 그 길은 살얼음판일지 진흙탕일지 가늠도 잘 안되는 애도의 여로란 그만큼 힘들 수밖에 없는 거죠.

결국 우리가 할 수 있는 건 '죽음 수용death acceptance' 뿐입니다. '누구나 죽을 수밖에 없는 운명이라는 걸 인정하고 거기에 대해 비교적 편안할 수 있는 상태'를 가질 수 있도록 살아 있는 동안 죽음을 공부하고 준비하는 것이죠. 실제로 65세 이상의 노인을 대상으로 죽음 수용과 관련된 요인을 분석한 연구에 따르면 '죽음에 대한 교육을 받았거나–물리적 준비를 해둔 경우–배우자와 함께 살고 있는 경우' 순으로 죽음을 좀더 편안히 받아들이는 경향이 있었습니다.[21] 쉽게 말해 죽음에 대한 심리적 준비와 물리적 준비를 해두고 있느냐, 그리고 그러한 준비를 함께 할 수 있는 존재가 지금 내 옆에 있느냐가 그만큼 중요하다는 의미입니다.

그 존재가 서로밖에 없고(아이가 없는 저희 부부에겐 엄마와 이모, 삼촌들이 그랬던 것처럼 그런 걸 대신 결정해 줄 자식이 없습니다. 있었다 한들 우리는 아마 그런 걸 대신 결정하게 두지 않는 방식을 택했을 거 같아요), 그만큼 온전히 서로가 서로를 책임져야 하는 저희 부부에게 오십을 맞이한 20번째 결혼기념일의 선물로 사전연명의료의향서를 작성하는 것만큼 뜻깊은 일이 있을까요? 물론 그때 어찌 될지는 모르지만, 결혼 15주년을 맞이한 45세 동갑내기 부부는 그렇게나마 단정하게 늙어갈, 아니 죽어갈 마음의 준비를 같이해보는 겁니다.

최근 상담실에서 만난 30대 남성 G는 늦둥이인데, 70대 아버지가 알츠하이머병 치매 초기 증상을 보이며 치료를 시작한 이래 급격히 우울하고 불안한 기분을 느끼며 상담실에 방문하게 됐습니다. 늘 강하게만 보였던 아버지가 치매에 걸리신 것도 받아들이기 힘들었지만, G를 더 힘들게 하는 건 그를 내내 따라다니는 '나도 아버지처럼 치매에 걸리게 되면 어쩌지?'라는 걱정의 그림자였습니다. 여기에다 '아버지보다는 나를 먼저 생각하는 불효자식'이라는 죄책감까지 더해졌더군요. 결국 G는 불안과 긴장으로 잔뜩 팽팽해져 언제 터질지 모르는 풍선과 같은 상태로 겨우겨우 상담실에 찾아왔습니다.

상담이 거듭되면서 G의 불안 풍선은 점점 줄어들었습니다. 치매에 대한 가장 큰 오해가 '유전된다'라는 것인데요, 실제로는 부모가 알츠하이머병 치매를 앓았고 발병 나이가 65세 이하인 경우 유전자 이상이 발견되는 경우는 5퍼센트 정도에 불과하답니다. 이 역시 부모가 65세 이후에 발병했다면 유전자 이상은 그보다 훨씬 드물죠.[22] 하지만 걱정과 불안에 압도당한 G에게는 그런 정보를 찾아볼 여력도, 여유도 없었습니다. 결국 G에게는 사실을 인식하고 진실을 받아들일 수 있는 시간이, 그리고 '그런 걱정이 드는 것은 자연스럽다. 그러나 그럴 일은 없을 거다'라고 함께 이야기를 나누고 안심할 수 있는 따뜻함이 필요했던 겁니다.

그러니 우리, 함께 할 수 있는 누군가의 따뜻한 손을 잡고 시간을 들여 천천히 준비하며 가봐요. 단정하고 편안히 늙어갈 수 있도록 지금을 올곧게 살면서 말이에요.

오십은 즐겁게 맞이하고 싶습니다

조금 더 용기를 내어보는 일

이제 친구들을 만나면 나이 얘기가 빠지지 않습니다. "우리 벌써 마흔다섯이야.", "언제 이렇게 나이 먹었냐?", "이러다 또 금방 오십 되겠지?" 그러다 한 친구가 이런 말을 했습니다.

"오십은 좀 즐겁게 맞이하고 싶다."

그러게요, 저도 너무 공감되었습니다. 서른은 그냥 정신없이, 마흔은 너무 아프게 맞이해서일까요. 오십은 저도 좀 즐겁게 맞이하고 싶어졌어요. 이런 바람이 이뤄질 거라고 안심하는 건 그렇게 될 것이라고 용기를 주는 사람들, 먼저 그 길을 걸어간 '안내자들'이 있기 때문입니다. 주로 주변에 있는 좋은 언니들이죠.

저보다 대여섯 살 위인, 올해 딱 오십을 지나간 직장의 동료 선생님은 제가 "샘, 전 가끔 나이 드는 게 너무 무서워요"라고 말하면 이렇게 말씀해주십니다. "그죠. 근데 샘, 오십 되는 거 막상 별거 없더라고. 오히려 더 편해." 하고요. 그리고 자신이 속해있는 산악회에서 그 누구보다 열정적으로 활동하고 있는 60대 언니들 얘기도 해주십니다.

"오히려 그 언니들 보니까 육십이 정말 놀기 좋은 나이인 거 같더라고요. 오십만 해도 애들 결혼시켜야지, 뭐 해야지 아직 좀 숙제가 남아있거든? 근데 육십이 되면 한결 여유가 생기니 그렇게들 즐기면서 살더라고. 그러니 나이 드는 것도 할만한 거 같아요."

저와 직접적인 연관은 없지만, 30대 초반의 제 내담자 M이 속한 동호회의 50대 회원님도 그런 언니입니다. 사는 게 늘 불안해 괴롭다고 얘기하는 M에게 그분이 이렇게 말씀해 주셨다지요.

"맞아, 30대는 좀 그런 시기인 거 같아요. 그래서 참 힘들죠? 고생 많아. 근데 살다 보니 그렇더라고. 어찌저찌 참고 지나가다 보면 어느결에 사십 되고 오십 되잖아요. 그러면서 있잖아, 점점 편해진다? 그러니 M 양. 그냥 지나가 봐요. 편해질 때가 와요."

그러고 보니 얼마 전에 가수 이효리 씨가 한 말도 참 인상적이었어요. 벌써 데뷔 26년 차가 된 이효리 씨가 창피함을 무릅쓰고 보컬 학원에 등록했다고 하더라고요. 가수 엄정화, 김완선 씨가 자기보다 열 살 많은 언니들인데도 멋지게 활동하는 모습에 너무 큰 용기를 얻었다며, 자기도 언니들처럼 되고 싶다는 생각에 제대로 보컬 트레이닝을 받겠노라 결심했다는 거죠. 지금부터 하면 10년 뒤엔 더 멋진 이효리가 되지 않겠냐며 말이에요. 50대 중반의 나이에도 왕성하게 활동하고 있는 엄정화, 김완선 씨도 '찐' 언니지만, 이효리 씨도 그런 마음을 먹고 실행한다니 너무 멋지지 않나요? 저보다 한 살 적지만 효리 씨도 언니네요, 언니(멋지면 다 언니 아니겠습니까).

프로이트, 융과 함께 3대 심리학자로 알려진 아들러는 이렇게 말했습니다.

"만일 나의 아이들에게 단 하나의 재능을 줄 수 있다면 용기를 주겠다."

그는 용기에 대해 이렇게 정의했죠. "장애물을 만나더라도 자신의 목표를 달성하는 일이 이 장애물보다 더 중요하다고 생각하고 끊임없이 노력하는 마음이다."

'나이 오십은 즐겁게 맞이하고 싶다'는 저의 바람을 아무래도 조금 고쳐 써봐야겠습니다. 저도 멋진 언니들 따라, '나이 오십은 즐겁게 맞이할 수 있는 용기를 내봐야겠다'라고요.

화난 채로
잠자리에 들지 마라

'지금, 여기'에서 충분히 행복할 것

한참 결혼 소식을 많이 듣던 때가 있었습니다. 또 한참은 아이 돌잔치 소식을 많이 듣던 때가 있었고요. 그러다 점점 조부모상 소식이 들려오기 시작하더니 이제 제법 부모상 소식이 들려옵니다. 지난주엔 친구의 모친상, 그다음 다음날엔 선배의 부친상, 엊그제는 남편 친구의 부친상, 또 어제는 회사 선배의 모친상이 그랬어요. 연달아 부고를 듣다 보니 살짝 울적해져서 "요새 지인들의 부모님 상 소식이 많이 전해져 와요, 슬프네요." 하는 말이 절로 나오더군요. 이 말을 듣고 저보다 대여섯 살 많은 동료 선생님은 얕은 한숨과 함께 이렇게 말씀하셨는데, 그게 참 마음에 많이 와닿았습니다.
"지금이 그럴 때죠. 앞으로 몇 년은 더 갈 거예요. 그런데 샘, 이제 좀 더 있으면 친구 본인상이나 배우자상 소식도 들려온다? 그게 그렇더라고요."

죽음은 늘 우리 곁에 있습니다. 모두가 죽음 앞에 평등하며 너나 할 것 없이 미약하죠. 그렇게 우린 모두 살기 위해 오늘도 길을 나서지만 딱 그만큼 죽음을 향해 나아갑니다. 참으로 애잔하고 미련합니다. 애틋하고 초라합니다. 그렇지만 그 길을 죽을 것처럼 지나가는 것과 사는 것처럼 누려가는 것은 천지 차이가 아닐까요. 바로 그 지점에 각자의 선택이 있습니다. 서로가 할 수 있는 위로가 있습니다.

30대 남성 G. 그는 석 달 전쯤 갑작스러운 사고로 어머니를 떠나 보냈습니다. 평생 자식들에게 엄격하고 기준이 높아 하나하나 잔소리가 심했던 어머니와 G의 사이는 썩 좋지 않았다고 합니다. 게다가 일 년 전 결혼문제로 크게 다툰 뒤로 한 달에 한번 가량은 찾아가던 걸음도 하지 않았습니다. 안 보고 사니까 차라리 편하단 심경으로 전화를 먼저 한 적도, 걸려 오는 전화를 살갑게 받은 적도 없었다고 해요. 그러니 G에겐 어머니와 다툰 그날의 기억이 마지막이 된 셈입니다. 그리고 그 기억은 G를 끝 모를 죄책감 속으로 빠져들게 했습니다. G는 어머니의 장례를 치른 후 입맛도 없고 일에 집중하기도 어려웠습니다. 매일 술을 먹지 않으면 잠을 이루지 못할 지경이 되었지요. 결국 얼마 전 상사로부터 "사정은 알겠지만 그래도 일에 좀 더 신경 써야 되지 않겠냐"라는 이야기를 들은 뒤, G는 더는 안 되겠다 싶은 마음에 상담실을 찾아왔습니다.

어땠을까요. G가 마지막으로 기억하는 어머니의 모습이 따뜻하게 서로의 안부를 챙기고 위로하는 장면이었다면. "그래, 엄마. 오늘 좋은 하루 보내세요"라거나 "엄마, 저 이제 갈게요. 다음 달에 또 올게요. 그때 더 맛있는 거 먹어요"였다면 말이에요. 어머니의 죽음에 슬픔과 고통은 같았을지언정 지금 G가 갖는 죄책감만은 덜하지 않았을까요. 게다가 G의 어머니는 갑작스러운 사고로 돌아가셨습니다. 예견된 죽음(질병, 노화 등)도 받아들이기 힘들지만 예기치 않은 죽음은 더 힘들 수밖에 없지요. 그러고 보면 비단 G의 일만이 아닌 것이, 우리도 살아오며 의외로 예기치 않은 죽음에 제법 많이 맞닥뜨리지 않았던가요.

코넬대 교수인 칼 필레머Karl Pillemer는 몇 년에 걸쳐 70세 이상 인생을 산 1,000명에 달하는 인생 현자들을 만나 그들이 전하는 인생의 지혜들을 발굴하는 연구를 진행했습니다.[23] 일명 '인류 유산 프로젝트'. 인생의 길을 먼저 걸어본 선배들의 경험과 조언이야말로 우리가 물려받아야 할 소중한 유산이란 의미에서 이 프로젝트를 진행했다고 해요. 이 프로젝트에 참여한 인생 선배들이 알려주는 '후회하지 않는 인생을 위한 해답' 중 하나가 떠오릅니다. 바로 "화난 채로 잠자리에 들지 마라, 밤새 무슨 일이 생길지는 아무도 모르니까." 특히나 하루 종일 부부가 격렬히 부부싸움을 한 뒤라도 이렇게 하라는 조언은 참 인상적이었던 거 같아요.

지금까지 상실과 죽음에 대한 관심으로 꽤 많은 책들을 읽어왔습니다. 결국 죽음이 주는 답은 오로지 하나더군요. '지금, 여기에서 충분히 행복할 것, 그리고 사랑할 것.'

앞서 말씀드렸던 G와의 상담은 꽤 오래갔습니다. G와 어머니의 관계가 오직 마지막 그날만으로 규정되는 것이 아니라, 그 전에 함께 울고 웃었던 모든 날들까지 포용되고 통합되기까지에는 그만큼 시간이 걸렸지요. 그래도 G는 결국 만났습니다. 때론 못나고 못되게 굴었지만 또 때론 기쁘게도 해드리고 위로가 되어드리기도 한 자신을, 그리고 그 자신과 함께했던 충분히 행복하고 사랑이 넘쳤던 어머니를요.

비록 죽음 앞에 한없이 미약한 우리이지만, '지금, 여기'에서 함께 하는 사람들과 서로 위로해 주며 살아갈 때 우린 덜 초라해지고 더 행복해질 수 있습니다. 그런 마음으로 저도 오늘은 어제보다 더 행복한 마음으로 일을 하고, 어제보다 더 사랑하는 마음으로 가족이나 지인들을 대하려 합니다. 여러분은 어떠신가요, '지금, 여기'에서 충분히 행복하고 사랑하고 계시는가요?

더 성숙하고
아름다워지는 중입니다

PTSD(장애)를 넘어 PTG(성장)로 나아가기

이전 글에서 이석증 이야기를 했는데 이번엔 테니스 엘보우랍니다. 에휴~. 테니스 엘보우는 팔꿈치 과사용 증후군의 일종으로 손상 부위 인대에 미세한 파열이 생겨 통증이 나타나는 증상이라고 합니다.

며칠 전부터 오른손 팔뚝 바깥쪽이 아파져 온다 싶더니 급기야 양치할 때도, 펜을 쥐거나 심지어 그 작은 로션 펌프를 누를 때조차 저릿하더라고요. 그러다 새벽녘, 통증 때문에 자다 깨기에 이르렀습니다.

결국 찾아간 정형외과에서는 테니스 엘보우라는 진단명

하에 '어디 한 번 더 아파봐라.' 하는 것 같은 충격파 치료 등의 물리치료를 해주었습니다. 당분간 챙겨 먹어야 할 소염진통제, 그리고 하지 말아야 할 것들도 잔뜩 안겨주었고요. 가만 보면 오른쪽 팔이 '있지만 없는 것처럼' 지내란 것들이었습니다. 팔로 당기고 미는 동작도 하지 말아야 할 것들에 속하는지라, 어쩔 수 없이 한참 재미 붙이고 다니던 필라테스도 당분간 할 수가 없게 됐습니다.

과거의 저를 모르는 지인들은 정말 믿기 어려워하지만, 한때 저에게도 불사조라는 별명이 붙을 정도로 강철 체력을 자랑하던 시절이 있었습니다. 술을 아무리 마셔도 다음 날이면 너무 멀쩡해 또 술을 사달라 선배들을 졸라대곤 했고, 등산을 가면 아무리 악산이라도 청바지에 운동화로 가뿐히 올랐죠. 20년도 훌쩍 지난 20대 초반의 얘기지만, 정말 그땐 그랬습니다.

그랬던 때가 무색하게 이젠 한 해 한 해 몸이 다릅니다. 사람들과 농 삼아 얘기하는 '알코올 총량의 법칙'에 따르자면, 전 이미 20대에 알코올의 80퍼센트를 마셔 버린 탓에 30대가 되어서는 주종 불문 한 잔만 마셔도 숙취가 생기는 괴로움을 달고 꾸역꾸역 나머지 10퍼센트를 써 버린 듯싶고, 40대는 급격한 체력 저하와 잦은 병치레로 끝내 금주로 맞이하게 됐지요. 그러니 지금은 나머지 10퍼센트를 까칠하지만 친절한 할머니가 되었을 때 우아하게 마시고 싶단 목표로 고이 아껴두며 운동으로 체력 단련 중이랄까요.

그런데 이게 참 요원합니다. 앞서도 말씀드렸듯 한 해 한 해 몸이 다르니까 말이에요. 잦은 위장염에 그렇게 괴롭더니 저혈압과 고지혈증, 이석증이 해마다 연이어 붙어왔고 올해는 좀 넘어가나 싶더니만 결국 테니스 엘보우라니 말입니다. '아, 비루한 몸뚱이여!'라는 탄식이 절로 나옵니다.

그럼에도 누가 저에게 "과거로 돌아갈래?" 하고 묻는다면 저는 절레절레 고개를 흔들며 분명히 답하렵니다. "아뇨!"라고요. 왜냐고요? 비록 이젠 비루해진 몸뚱이를 모시며 살아갈 수밖에 없어도 어제의 나보단 오늘의 내가 낫다고 여겨지기 때문입니다. 몸뚱이는 비루해졌을지언정, '천하고 너절하다'는 뜻을 가진 '비루하다'는 단어조차 따뜻하고 곱게 여기며 애정할 수 있는 영혼이 생겼기 때문입니다.

보통에 더 감사하는, 약한 존재를 더 연민하고 품게 되는, 자신의 꼬락서니를 제대로 보고 아껴줄 줄 아는, 무모하고 격렬해지기 쉬운 감정에 (종종 실패하더라도) 단 3초라도 거리를 둘 줄 아는, 지인들과의 연대를 귀하게 가꿔가는, 죽음을 더 자주 생각하며 지금을 더 충분히 살려고 하는, 그런 내가 되어가고 있기 때문입니다. 그렇게 저는, 매일 늙어가는 중이지만 매일 거듭나는 중입니다. 그리고 이런 변화 과정은 'PTSD'에서 'PTG'로 설명 가능합니다.

먼저 'PTSD post-traumatic stress disorder'를 살펴보겠습니다. '외상 후 스트레스장애'란 건데요. 전쟁, 사고, 자연재해 등 충격적인 사건을 경험한 후 발생할 수 있는 정신 신체 증상들로 이루어진 증후군을 의미합니다. 여러분들도 많이 들어보셨을 거예요. 2003년 대구 지하철 방화 사건, 2014년 세월호 참사, 그리고 2022년 이태원 참사에 이르기까지, 이런 안타까운 사고들은 트라우마에 대한 전 국민의 관심과 이해를 가져오기도 했으니까요.

흔히 트라우마라 하면 이렇게 큰 재난이나 사건에만 발생한다 여기기 쉬운데, 근래 전문가들은 '작은 트라우마 small trauma'에도 집중합니다. 사소해 보이는 작은 사건들도 반복해 쌓이면 PTSD 증상이 유발될 수 있다는 건데요. 심리치료 전문가 힐러리 제이콥스 Hilary Jacobs Hendel 는 작은 트라우마의 예로 눈맞춤 부족, 무시, 과도한 간섭이나 형제보다 못하다는 느낌, 어떤 이유에서건 다르거나 혼자라는 느낌 등

을 듣기도 했지요.[24]

어떠신가요? 이런 것도 트라우마가 될 수 있나 의아해하실 수 있지만, 이내 '그래, 나도 어릴 적에 엄마가 사사건건 간섭하는 게 너무 싫었지. 아직도 누가 잔소리라도 하려 치면 일단 방어적이 되잖아?' 하며 수긍하게 되는 면도 있으실 거예요. 이처럼 트라우마란 것은 크건 작건 간에 누군가에겐 깊은 상처가 됩니다. 그 크기는 주관적일 수밖에 없으니까요. 게다가 작다고 치부하는 바람에 그 손상된 감정이 의식 밖으로 밀려나, 더 깊숙한 곳에서 더 오래 박혀 있을 가능성이 큽니다. 뭐든 개인의 트라우마는 있는 그대로 존중받고 따뜻하게 위로받아야 하는 것이에요.

그런 관점에서 보면 우리가 겪는 노화와 이로 인한 상실감도 일종의 트라우마입니다. 이전의 나와 다르다는 느낌, 죽음이라는 공포로 근접해 가는 두려움, 젊었을 때처럼 주목받지 못하는 처지에 대한 서글픔 등. 그러니 중년을 앞둔 혹은 지금 통과하고 계신 여러분이 겪는 다양한 정신 신체적인 반응들 역시 그대로 존중받고 따뜻하게 위로받아야 합니다.

그리고 여기 PTSD를 선으로 이으면 그 끝에 만나지는

'PTG post-traumatic growth'가 있습니다. 바로 '외상 후 성장'입니다. 트라우마로 부정적 영향만 받는 게 아니라 이를 계기로 이전과 다른 질적 변화를 경험하는 걸 뜻하지요. 예를 들어 사업 실패로 힘들었지만 그로 인해 가족이 더 돈독해지는 경우가 이에 해당합니다. 비록 아프고 고통스러웠지만 잘 이겨내면서 더 단단해지고 성숙해진 자신으로 거듭나는 거죠. 그간 상담을 해오며 상담실에서 만난 많은 분들이 PTG의 증인들이었습니다. 그들은 모두 힘들었고 고통스러웠으나 끝내 이겨냈고 더 멋진 모습으로 떠나갔지요.

노화와 상실의 터널을 지나고 있는 우리도 지금은 PTSD 쪽에 가까이 서 있을지언정, 자신과 타인의 존중과 위로를 어깨에 두르고 걸어가다 보면 PTG 쪽으로 가 닿아 있지 않을까 해요. 비록 그 길이 짧은 직선형이 아니고 구불구불 나선형일지언정, 오히려 그래서 길 주변도 놓치지 않고 잘 살피며 왔노라 말하게 되지 않을까요. 그런 맥락에서 보면, 메리 파이퍼 Mary Pipher란 임상심리학자가 『나는 내 나이가 참 좋다』라는 책에 쓴 글귀가 더 잘 와닿는 거 같습니다.

"우리는 오래도록 갖고 있던 정체성의 일부를 잃겠지만, 그 대신 새로운 정체성을 얻고 다양한 측면으로 확장해 나갈 것이다. 어떤 역할을 상실하는 대신, 신선하고 유용한 새 역할을 받아들임으로써 균형을 맞출 것이다, 나는 우리 모두가 자신에게 조금 더 관대하고 친절한 사람이 되길 바란다."

그렇게 저도, 매일 늙어가는 중이지만 더 새롭고 다양한 측면으로 확장해 가는 중입니다. 아니, 그러자고 다짐하는 중이죠. 조금 더 나 자신에게 관대하고 친절한 사람이 되어 가는 중입니다. 아니, 그러자고 자꾸 선언해 보는 거예요. 그리고 어디에선가 저와 비슷하게 노화와 상실의 PTSD로 당혹스러움, 헛헛함, 서러움, 외로움, 두려움 등을 가지고 있을 누군가에게 '당신의 감정 모두는 당연해요, 괜찮아요, 그리고 당신은 더 성숙하고 아름다워지고 있답니다.' 하는 존중과 위로, 그리고 응원을 보내고 싶은 마음이 이 글을 쓰게 했습니다.

그러니 여러분, 우리 더 늙어가요. 그리고 더 멋있어져요!

주석

1) 임전옥, 장성숙. (2012). 자기수용 연구의 동향과 제언. 인간이해. Vol.33(1).

2) 조영숙. (2017). 중년여성의 갱년기 증상, 자기수용, 생성감 및 노화불안 간의 관계. 전북대학교 석사학위청구논문.

3) 타라 브랙. (2012). 받아들임: 지금 이 순간 있는 그대로(자책과 후회없이 나를 사랑하는 법. (김선주, 김정호 옮김). 불광출판사.

4) 송숙희. (2021). 중년여성의 신체적 · 정서적 · 인지적 알아차림이 우울 및 심리적 안녕에 미치는 영향. 용문상담심리대학원대학교 석사학위청구논문.

5) 정혜윤, 성경미. (2019). 중년여성의 노화관리 프로그램이 회복탄력성과 성공적 노화에 미치는 영향. 여성건강간호학회지 Vol.25(4).

6) 박상현, 도강혁, 김학영, 박가은, 윤진혁, 김경일. (2018). 텍스트마이닝 기법을 활용한 한국인의 행복과 불행 탐색연구. 한국콘텐츠학회논문지. Vol.18(7).

7) 제임스 홀리스. (2023). 내가 누군지도 모른 채 마흔이 되었다(인생의 중간항로에서 만나는 융 심리학). (김현철 옮김). 더퀘스트.

8) 조지 베일런트. (2010). 행복의 조건(하버드대학교 인생성장보고서). (이덕남 옮김). 프런티어.

9) 김주미, 유성경(2002). 전문적 도움 추구 행동에 영향을 미치는 심리적, 문화적 요인. 한국심리학회지 상담 및 심리치료 Vol.14(4).

10) 김은아, 손혜련, 김은하. (2018). 상담에서 전문적 도움추구의 선행요인에 대한 고찰. 상담학연구 Vol.19(1).

11) 김미희. (2021). 자기자비와 타인자비의 관계: 긍정정서와 인지적 공감의 이중매개효과. 가톨릭대학교 석사학위청구논문.

12) 조화진, 최바올. (2020). 사회적 유대감과 주관적 안녕의 관계: 불안통제와 희망의 매개효과. 상담학연구 Vol.21(5).

13) 이은희, 이양수. (2023). 생애주기별 사회적 고립감의 영향요인 연구. 지역정책연구 Vol.34(1).

14) 강아지 갸우뚱 이유, 인간의 표정 공감능력과 유사점? 한국경제TV, 2016년 2월 13일자.

15) 김사라형선, 조한익. (2005). 어머니의 완벽주의와 아동의 무조건적 자기수용 및 우울, 불안의 관계. 아동학회지 Vol.26(5).

16) 로버트 스턴버그. (2010). 심리학, 사랑을 말하다(세계 최고의 심리학자 22명이 들려주는 사랑에 대한 불편한 진실). (김소희 옮김). 21세기북스.

17) 윤호균, 이선희. (2000). 부부의 MBTI 성격유형의 유사성과 의사소통 및 결혼만족도의 관계. 심리유형과 인간발달. Vol.7.

18) 고재홍. (2003). 부부의 유사성과 결혼 만족도간의 관계: 프로파일 유사성 분석. 한국심리학회지 사회 및 성격. Vol.17(3).

19) 김성현, 이병환. (2016). 학교폭력 청소년의 관용성과 학교생활적응간의 관계. 열린교육연구. Vol.24(2).

20) Anderson, J. (2001). The Economics of Philanthropy. NJ: Smelser, and P.B.

21) 하선미, 이정섭. (2017). 노인의 죽음 수용에 영향을 미치는 요인. 노인간호학회지. Vol.19(3).

22) 유전? 비타민 먹으면 예방? 치매에 대한 오해 7가지. 조선일보. 2023

년 8월 23일자.

23) 칼 필레머. (2012). 내가 알고 있는 걸 당신도 알게 된다면: 전세계가 주목한 코렐대학교의 인류유산 프로젝트. (박여지 옮김). 토네이도.

24) 힐러리 제이콥스 헨델. (2020). 오늘 아침은 우울하지 않았습니다: 무너진 마음을 일으키는 감정중심 심리치료. (문희경 옮김). 더퀘스트.

마흔, 너무 행복하지도
불행하지도 않게

초판 1쇄 발행 2024년 4월 7일

지은이. 변시영

펴낸이. 최갑수
디자인. 아침

펴낸곳. 얼론북
출판등록. 2022년 2월 22일(251002022000026)
주소. 경기도 파주시 경의로 1056
전자우편. alonebook0222@gmail.com
전화. 010-8775-0536
팩스. 031-8057-6703
인스타그램. @alone_around_creative

ISBN 979-11-983751-7-9 (03810)
값 16,800원